馔

Donne

但丁的女人

[意] 安德烈亚·卡米雷利 著
昭冰 译

中国友谊出版公司

图书在版编目（CIP）数据

但丁的女人 /（意）安德烈亚·卡米雷利著；昭冰译.——北京：中国友谊出版公司，2018.6（2019.10重印）

书名原文：Donne

ISBN 978-7-5057-4413-4

Ⅰ.①但… Ⅱ.①安… ②昭… Ⅲ.①短篇小说－小说集－意大利－现代 Ⅳ.①I546.45

中国版本图书馆CIP数据核字(2018)第134588号

著作权合同登记号 图字：01-2018-4060

The simplified Chinese is published in arrangement though Niu Niu Culture Limited

©2014 RCS Libri S.p.A Milan

书名	但丁的女人
作者	[意]安德烈亚·卡米雷利
译者	昭冰
出版	中国友谊出版公司
发行	中国友谊出版公司
经销	新华书店
印刷	文畅阁印刷有限公司
规格	880×1230毫米 32开 8.5印张 150千字
版次	2018年10月第1版
印次	2019年10月第2次印刷
书号	ISBN 978-7-5057-4413-4
定价	42.00元
地址	北京市朝阳区西坝河南里17号楼
邮编	100028
电话	(010) 64678009

版权所有，翻版必究

如发现印装质量问题，可联系调换

电话 (010) 59799930—601

女人可以带你去天堂或地狱，却只愿与你相守人间！

目录

1. 安杰丽卡　　　　　001

2. 安迪戈娜　　　　　009

3. 贝雅特丽奇　　　　015

4. 比安卡　　　　　　023

5. 卡　拉　　　　　　027

6. 卡梅拉　　　　　　033

7. 卡　门　　　　　　037

8. 苔丝狄蒙娜　　　　043

9. 德茜德蕾亚　　　　049

10. 海　伦　　　　　055

11. 艾微拉　　　　　063

目录

12. 弗朗西斯卡　　069

13. 贞　德　　075

14. 赫尔嘉　　081

15. 伊拉丽雅　　089

16. 伊内思　　095

17. 莺戈里　　103

18. 约兰达　　109

19. 克尔斯汀　　115

20. 露易丝　　123

21. 卢　拉　　131

22. 玛利亚　　139

目录

23. 玛琳卡　　　　　　145

24. 纳芙蒂蒂　　　　　151

25. 尼　娜　　　　　　157

26. 努齐娅　　　　　　163

27. 奥菲莉娅　　　　　169

28. 奥莉安娜　　　　　177

29. 普　奇　　　　　　185

30. 葵莉提　　　　　　191

31. 拉莫娜　　　　　　197

32. 索菲亚　　　　　　203

33. 特奥多拉　　　　　209

目录

34. 乌尔苏拉   215

35. 维纳斯   221

36. 温　尼   229

37. 奇妮娅   235

38. 耶　玛   243

39. 吉　娜   249

作者的话   255

译后记   257

编者按   259

1. 安杰丽卡

我曾经爱上两个叫安杰丽卡的女人。一个出自鲁多维科·阿里奥斯托（Ludovico Ariosto）[1]的诗歌，她让我开始有了爱情的感觉，令人振奋，又备感折磨。

六岁的时候，我就能流畅地进行阅读。从那时起，再也停不下来。我最早读的一本小说，是康拉德（Conrad）[2]的《奥迈

---

[1] 鲁多维科·阿里奥斯托（1474—1533），意大利文艺复兴时期的著名诗人，代表作长诗《疯狂的罗兰》将充满神话色彩的骑士冒险故事同现实生活事件编织在一起，使叙事与抒情、悲剧因素和喜剧因素、严肃与诙谐融为一体，对欧洲的叙事长诗产生了深远影响。
[2] 约瑟夫·康拉德（1857—1924），英国作家，擅长写海洋冒险小说，有"海洋小说大师"之称。代表作为《吉姆老爷》《黑暗的心》等。

耶的痴梦》。那时我得到了父亲的许可，可以从他的书橱里随意挑书来读。我的父亲算不上知识分子，不过他对好的文学作品却爱不释手。那时候，我胡乱地读了不少作家的作品，有康拉德（Conrad）、梅尔维尔（Melville）[1]、西默农（Simenon）[2]、切斯特顿（Chesterton）[3]、莫泊桑（Maupassant）[4]，意大利的作家有阿尔弗雷托·番契尼（Alfredo Panzini）[5]、安东尼奥·贝尔特拉梅利（Antonio Beltramelli）[6]，以及马斯莫伯坦佩里（Massimo Bontempelli）[7]，等等。

我的外祖父母住在我们隔壁的公寓，不过，外祖父维琴佐的书橱丝毫提不起我的兴趣。他那儿满是 Hoepli 出版社出版的手稿，关于谷物的种植、牲畜的饲养，也有几本儿童教育的书，唯独没有小说。我的外祖父还收集了一系列历史、地理、经济

---

[1] 赫尔曼·梅尔维尔（1819—1891），19世纪美国最伟大的小说家、散文家和诗人之一，代表作为《白鲸》《水手比利·巴德》等。
[2] 乔治·西默农（1903—1989），世界闻名的法语侦探小说家，代表作为《雪是脏的》等。
[3] 吉尔伯特·基思·切斯特顿（1874—1936），英国作家、文学评论家，《布朗神父探案》为其代表作。
[4] 居伊·德·莫泊桑（1850—1893），19世纪后半叶法国优秀的批判现实主义作家，与契诃夫和欧·亨利并称为"世界三大短篇小说家"。代表作有《羊脂球》《漂亮朋友》《项链》等。
[5] 阿尔弗雷托·番契尼（1863—1939），意大利作家、文学评论家。
[6] 安东尼奥·贝尔特拉梅利（1879—1930），意大利诗人、记者。
[7] 马斯莫·伯坦佩里（1878—1960），意大利作家、评论家、记者。

的出版物，涉及意大利的各个区域。大部分书都被束之高阁，只有三十来本零散地躺在书架的底层。

一天，说来也巧，我发现在这些书底下，藏着一本大部头。我把它抽出来。这本书还真是厚，长宽都是普通书籍的两倍。厚重的装帧封面呈红褐色，上面的金字赫然写着"鲁多维科·阿里奥斯托，疯狂的罗兰"。那纸张光滑发亮，每一页都很厚。第一眼看去，古斯塔夫·多雷（Gustavo Doré）[1]精美的插画就深深吸引了我。

我把那本书据为己有，反正没人注意到它的消失，我把它带到了我的房间里。

从那时起，有好几年，我都和安杰丽卡在一起。我爱上了她，我为多雷描绘出的她的美貌而痴迷。多雷绘制的图案，让头一回看见女人裸露身躯的我，产生了难以名状的兴奋。或许是因为这些图案，这本书才被半掩着藏了起来吧？

多雷从没画过不披薄纱的安杰丽卡，不过我借给了她一个赤裸的少女身躯。她的手腕高举，搭在一根树枝上，这具体出自书的哪个章节，我已经记不清楚了。我用食指一点点地沿着那身体的轮廓画着，抚摸着，半闭着眼睛，心跳有些加速。我

---

[1] 古斯塔夫·多雷（1832—1883），19世纪法国著名版画家、雕刻家和插画家，曾为《圣经》以及但丁、弥尔顿、塞万提斯等人的作品作插画。

在心中一直重复着安杰丽卡的名字，像念经一样不停地默念着。

我十来岁的小脑瓜，已经接受了四年的优质文学熏陶，我读的可不是什么儿童读物。我还记得，这首诗有两个片段在我的脑海中留下了不可磨灭的印象：一个是菲亚梅塔（Fiammetta）的故事，她背叛了她的两个爱人，却仍旧和他们在床笫间寻欢作乐；另一个则是安杰丽卡，虽然有不少勇士和贵族富豪追求她，她却钟情于贫穷的牧羊人梅多洛（Medoro），并和他生活在一起。

读到这个故事，我和作者阿里奥斯托一样失去了理智，或者说，我是有过之而无不及，我本能地觉着，我理解安杰丽卡的选择，我站在她那一边。

高中一年级的时候，我被分在了一个男女混合的班级。我所有的男同学都很快爱上了一个叫莉莉亚娜（Liliana）的姑娘。可我没有。她很漂亮，无可否认，但她比安杰丽卡差太远了。

进教室以前，我们会把大衣挂在走廊的衣帽架上。放学的时候，我的同学们会抢着去拿莉莉亚娜的大衣，然后把它打开，帮她穿上。这可是场不小的竞争，免不了推搡、拳脚和辱骂。

不出意外的话，总是那两个强壮的家伙赢，乔治和切撒。他们是富商的儿子。他们总是穿得很体面，兜里装好多钱。而我是个穷雇员的儿子，他们连看都不看我一眼。

不过，有一天，莉莉亚娜看到切撒拿好了衣服，正要准备给她穿上，却冷冰冰地说："把它放回去！"

切撒一惊，乖乖地听话。这时，莉莉亚娜出乎意料地喊了我的名字。而在看了那一幕之后，我正朝门口走，一回头，很诧异。她真是难得和我说句话！

"安德烈亚，你帮我拿下大衣好吗？"

从那天起，帮莉莉亚娜拿大衣就成了我每天例行的事情。我还因此拥有了各种令大伙儿羡慕的特权，这第一就是陪着她从学校回家。还有大伙儿都不知道的，她竟然主动牵起我的手，在我的脸颊上轻轻一吻，悄悄说"我喜欢你"……

也是在那时候，我发现，原来在每一个女人身体里，都或多或少地住着一点儿安杰丽卡的影子。

1949年底或是1950年初，具体的日子我记不清楚了，我在罗马遇见了另一个安杰丽卡。

那时候，我是国家戏剧艺术学院的注册学生，西维奥·德·阿米科（Silvio D'Amico）担任校长，也是他创办了这所学校。我获得了学校的奖学金，这让我在一个月里有二十五天都能生活得宽裕，只有剩下的五六天不得已陷入窘迫。午饭的时候，为了犒劳自己，我会要一杯卡布奇诺和一个牛角面包。我常去一家咖啡厅，在威尼斯广场，科尔斯路的尽头。

有一天我发现，在我旁边的桌上，坐着一位身材矮小的老妇人，着装很特别。她也点了一杯卡布奇诺和一个牛角面包。突然，她抬起脸，看着我。我的心猛地一颤。

她的眼睛很大，炯炯有神，和我祖母艾薇拉（Elvira）一样。我很喜欢我的祖母，那会儿比起父母，我更思念我的祖母。或许是我的目光落在她身上太久，老人家才会回头看我。她冲我笑着，那笑容和目光有着难以言说的魔力，瞬间抹掉了岁月加在她双肩上的沉重负荷，让她仿佛回到了妙龄少女的年纪。我无法控制我自己，双腿不自觉地动起来，尽管她并没有叫我。我拿起杯子和牛角面包，站起身，朝旁边的桌子走过去。

"我可以坐这里吗？"

她示意我可以坐下。接着，她有点儿惊讶地问我：

"您认识我吗？"

为什么我应该认识她呢？

"不，但是您，请原谅我，您让我想起了我的祖母……"

她笑了。那笑容真是迷人。

"您的祖母叫什么名字？"

"艾薇拉。"

"我叫安杰丽卡。安杰丽卡·巴拉巴诺夫。"

我一惊，差点儿从椅子上摔下来。我早就听说过安杰丽卡·巴拉巴诺夫的大名，伟大的俄罗斯女革命者，列宁的朋友，是她成就了墨索里尼……

我还没来得及细想，这个疑问就脱口而出：

"列宁怎么样？"

一定有不少人问过她这个问题，她回答不下千遍了吧。她不假思索地回答说：

"他是个钢铁般正直的男人，是个有力量的天使。"

不过，她并没打算和我聊些政治上的话题，因为她很快换了话题，问我是做什么的。一听说我在剧院工作，她的眼睛就发光了。她开始对我不再称"您"，而是用"你"。

"你了解契诃夫吗？"

"知道一些。"

"年轻的时候，"她叹道，"我曾是《海鸥》中的完美的妮娜。"

她开始给我讲契诃夫，她是那样热心，讲得翔实透彻，我简直惊呆了。不过，她给我讲这些，不是为了教给我什么东西，而是有一搭没一搭的，像我的同学一样。有时候，无意识地，她会用手抚一抚我的背部。

于是，我发现，巴拉巴诺夫在政治以外，另一大兴趣是戏剧。我要走的时候，向她告辞，她对我说："明天见！别再叫我女士，叫我安杰丽卡。"

我不知道为什么，第二天我再次赴约的时候，心怦怦地跳，像要赶赴一场温情脉脉的约会。我没有告诉任何人我认识了她，我的同学们也不会明白我是在谈论谁。

她从没告诉过我她住在哪里，她的一天是怎么度过的。那天是月末，我们已经见了五次面，第二天我就能领到奖学金了。咖啡时光眼看就要结束，我问：

"安杰丽卡，明天我能邀请你吃午饭吗？"

她惊讶地看着我，然后同意了。

"好吧。"

她向我要了餐厅的地址，告诉我，她会在中午一点来，因为还有一个约会，不能和我待久了。她把手伸给我，我弯下腰，用唇轻轻地吻了一下。然后我拥抱了她，她踮起脚，吻了我的脸颊。

后来，她没有来餐厅，也没再出现在咖啡厅。她消失在我的生命里。我久久不能释怀。

2. 安迪戈娜

在悲剧《七雄攻忒拜》中，埃斯库罗斯[1]讲述了一场自相残杀的战争。这场战争由波利尼切发起，最后的赢家却是忒拜的国王克莱昂特（Creonte）。索福克勒斯（Sofocle）[2]为这个故事写了个续篇，也是个悲剧故事，叫《安迪戈娜》（*Antigone*）。

克莱昂特（Creonte）认为波利尼切是叛徒，于是颁布命令，

---

[1] 埃斯库罗斯（约前525—前456），古希腊悲剧诗人，与索福克勒斯和欧里庇得斯一起被称为古希腊最伟大的悲剧作家，代表作有《被缚的普罗米修斯》《阿伽门农》等。
[2] 索福克勒斯（约前496—前406），古希腊三大悲剧作家之一，代表作为《安提戈涅》《俄狄浦斯王》等。

不掩埋他的尸体，将其曝尸荒野。安迪戈娜是波利切尼的姐姐。一天晚上，年轻的安迪戈娜悄悄爬起，打算去将兄弟的尸体掩埋。这在当时被认为是犯死罪行为。面对克莱昂特，年轻的女人并不为自己开脱，她毫不退缩地坚持己见，这是她从神谕中获得的启迪。她在与男人们制定的规则做斗争。她既不惧威胁，也不向侮辱退缩，时刻准备着迎接自己悲惨的命运。

克莱昂特判她死刑，把她活生生卷起来，扔进一个山洞。安迪戈娜自杀了。死亡总会召唤死亡。艾默内（Emone）是克莱昂特的儿子，安迪戈娜的未婚夫。因为失去了挚爱，他也自杀了。克莱昂特的妻子厄德里斯（Eudrice）也做了同样的事情，为了她那惨死的儿子。于是，国王别无他法，只得无力地承受着他的家庭悲剧。

从那时起，安迪戈娜这一人物形象，便成了无数剧作家的灵感来源。

我举两个例子。一个是我们伟大的戏剧作家维多利亚·阿尔菲耶里（Vittorio Alfieri）[1]，他在创作的以《安迪戈娜》为名的悲剧中，塑造了一位女英雄的形象。他以高超的技巧，把五个节拍放在十一音节诗中。剧中，克莱昂特召见安迪戈娜，他想

---

[1] 维多利亚·阿尔菲耶里（1749—1803），意大利剧作家，代表作为《克莉奥佩特拉》等。

知道，安迪戈娜会在嫁给艾默内和死亡之间做何选择。

　　克莱昂特：你选好了吗？
　　安迪戈娜：选好了。
　　克莱昂特：艾默内？
　　安迪戈娜：死。
　　克莱昂特：那就去吧！

　　二战后没过几年，法国戏剧作家让·阿努伊（Jean Anouilh）[1]创作了一部长独幕剧。剧中，安迪戈娜被塑造成了一个命中注定要拒绝的人物（"我来到这个世上，就是为了说不，然后赴死"），而国王克莱昂特，则成了一个实用主义者，他在向周遭的一切奋力抗争。

　　很多人在这部剧中，读出了一种维希政府想要掩盖事实的意味，即贝当元帅曾和入侵的纳粹政府苟且合作。这个安迪戈娜已经不是我所知道的那个了。

　　我记忆中的安迪戈娜，不仅仅有文学作品中的那个，还有一个现实生活中活生生的人。她经历了与艺术经典中的女英雄

---

[1] 让·阿努伊（1910—1987），法国剧作家，代表作为《银鼠》等。

Donne

同样的悲剧人生，同样的不惧于死，同样的忧伤与坎坷。

我和她第一次相遇，是应一位知名电视人相邀，去参加他的一个真人秀节目，介绍关于蒙塔巴诺警长系列小说[1]中早期的一本。嘉宾里面，还有一个身材瘦小的姑娘，褐色的头发，大大的眼睛，二十岁出头的样子，没有化妆，脸色有些苍白。她穿着一件深色的毛衣，一条牛仔裤。她坐在那儿，蜷缩成一团，显然是被众人吓到了。主持人介绍她，她的名字我很陌生。主持人接着说，这个姑娘有一个自己的很特别的故事要给我们讲。

大约在真人秀节目进行到一半的时候，主持人让她讲话。

她开始很吃力，犹犹豫豫，拖着轻微的西西里口音。后来她鼓起勇气，语速也轻快起来。我注意到，她的语调很平，很均匀，不带任何情绪，几乎没有什么代入感。她只是简单地陈述事实，仅此而已。她的肌肉一动不动，也没有什么动作。手耷拉在怀中，头略向左歪，双脚并在一起，目光直视前方。

她正在讲述那些曾经糟蹋她生活和灵魂的事情。

她说，有一天，她的父亲和十八岁的哥哥迟迟没归来吃晚饭，他们去了村外不远处的田间，那里有一处马厩。她讲了她怎么被妈妈催促着，去田间看个究竟，又是怎么发现马厩里的爸爸

---

[1] 蒙塔巴诺警长系列小说，是本书作者安德烈亚·卡米雷利的畅销作品。故事深刻揭示了当今意大利所面临的移民和地下交易两大社会问题。

和哥哥的尸体。两具尸体被猎枪打得弹痕累累。

她仓皇地跑回村子，扑进宪兵的营房。调查进行得很快，宪兵逮捕了两名黑手党，他们和受害人住在同一条街上。杀人的动机是受害人不愿意向这些蛮横无理的强盗屈服。

可是，几次律师交涉过后，尽管两个杀人犯被正式起诉双重杀人罪，在等待诉讼期间，他们仍然是自由身。过了一年，诉讼的事情连影子都没有了。

姑娘每天都能在路上碰见两个凶手，他们竟对她报以挑衅的微笑。

讲到这里，姑娘轻轻地顿了顿。

她抬起头，把身子正了正，用和之前几乎同样的口吻，说了这么一段话：

"这是不对的，是不公平的。我，迟早有一天，会杀了他们的，如果他们在这之前没有杀了我的话。"

那一刻，我和所有在演播厅的观众，脊背都打了个颤。我们完全相信，她会这么做的。对她来说，死已经无所谓了。

也是在同时，我明白，这个姑娘和安迪戈娜是同一类人。安迪戈娜反抗克莱昂特，用的应该也是和这个西西里姑娘一样的语调吧！没有强弱，没有多余的动作，有的只是那只有某些女性才有的、平静、超凡的决心。

3. 贝雅特丽奇

我们来看看真实的故事。1274 年,在佛罗伦萨,有一个九岁的孩子,名唤但丁[1]。他是阿利盖利·贝利齐内(Alighiero di Bellincione d'Alighiero)的儿子。一天,他遇上了一个叫贝奇(Bice)的八岁姑娘。小姑娘是福尔科·波尔蒂纳里(Folco Portinari)之女。两个孩子可能是相视一笑,也可能是怒目相对,总之,这次见面后就没了下文。不过,那转瞬即逝的时刻却在男孩儿记忆中扎下了根,在岁月里逐渐膨胀、变大。

---

[1] 阿利盖利·但丁(1265—1321),意大利最伟大的诗人,欧洲文艺复兴时代的开拓人物之一,以长诗《神曲》留名后世。

1277年，但丁刚满十二岁，由父亲做主，和吉玛·马内托·多纳提（Gemma di Manetto Donati）订了婚。

1283年，但丁十八岁。他再一次遇见了贝奇。他跟她打招呼，她礼貌作答。他们也互相作了自我介绍。然而，这一次见面也像上次一样，无疾而终。不过，这次的相遇，对但丁来说，不仅仅是私事，他还从中获取了创作新诗的灵感，有了对女性的新的看法。

> 她是多么温雅，多么纯洁
> 我的姑娘，当她向人们施礼
> 每一个人都惶乱无神地垂下眼帘
> 嘴唇颤颤栗栗，羞赧地沉寂……
> 　　　　　　（选自但丁的《新生》）

这应该不仅仅是个简单的问候吧？如果那个姑娘还说了其他的话，如果他们之间聊了些什么，会不会发生些什么？小城里是不是会留下令人怦然心动的故事？那一瞬间，他们是否会颤抖、静默？是否也会将双眼紧闭呢？

四年后，贝奇结婚了，新郎是西蒙·杰里·巴尔迪（Simone di Geri de'Bardi）。1290年6月8日，贝奇离世。而但丁，大约

但丁的女人

在 1295 年,与吉玛成婚。他们婚后育有三个男孩、一个女孩。

可以断定的是,但丁和贝雅特丽奇(这是诗人给贝奇新取的名字)从来没有单独相处的机会,他们也从未聊过。总之,他们可以算是陌生人。然而,在天堂里,贝雅特丽奇之于但丁,却是"我的女人",他把她视作一生的真爱,并把她升华为天堂里的引路人。

坦白来说,我实在无力理解,这个故事为什么会被演绎成一个高尚的爱情故事。因为爱情不应该是相互的吗?可怜的贝奇,对但丁以她之名而泛起的内心骚动全然不知。她被当成天使,或类似的东西,可这些距离真实的她十万八千里。她只是一个家庭的好妻子、好妈妈。她不知道,也无法知道,自己并非爱情的目标,而是在但丁的脑海中被臆想出来。"但丁这个人,当他盯上什么,就没有诗句了",弗朗西斯科·彼特拉克[1]如是说。他在一封写给他的朋友乔万尼·薄伽丘[2]的信中写到,他还是个孩子的时候,有一次,但丁来家里找他的父亲,后来,父亲和但丁都遭到了流放。于是,尽管后来彼特拉克已经蜚声文坛,

---

[1] 弗朗西斯科·彼特拉克(1304—1374),意大利学者、诗人,以十四行诗著称于世,为欧洲抒情诗的发展开辟了道路,与但丁、薄伽丘并称为"文艺复兴三颗巨星"。
[2] 乔万尼·薄伽丘(1313—1375),意大利作家,其代表作《十日谈》是欧洲文学史上第一部现实主义作品,批判宗教守旧思想,主张"幸福在人间",被视为文艺复兴的宣言。

仍然时不时地说几句酸话，说但丁"对自己的目的十分执着，他没什么别的想法，只是想拥有大的名声"，世上没有什么能把他赶出"既定路线"。

但丁固执地创作了一位现实中并不存在的女性形象，把幻想中的形象加固在真实的贝奇身上，然后再让她消失。

后来在彼特拉克的诗歌中，女性被塑成了精神和肉体不可分割的合一体。正如诗人所说，她是"真实的形态"。也许是命运的嘲弄，我们知道贝雅特里奇的一切，却对彼特拉克的劳拉一无所知。不过，有一件事情是可以肯定的，这位女性是真实存在的。诗人第一次见到她，是1327年4月6日在阿维尼翁[1]的圣天使教堂。在他们之间，曾发生过炙热的爱情。

毫无疑问，我们得等到薄伽丘的《十日谈》问世，才能最终得出一个完整的女性目录。我们原原本本地展示，既不夸大，也不贬低，好好罗列一下她们的优缺点。

我也认识一个贝雅特里奇，被大伙儿叫作贝奇。不过，我和她的故事与薄伽丘的小说有关，却和但丁的诗歌无关。

西西里岛的战争结束于1943年年末。几个月的休整过后，所有人的心里都燃起了生活的愿望。

---

[1] 阿维尼翁，法国东南部城市，市内有宫殿、教堂等，还有建于12世纪的阿维尼翁桥。

但丁的女人

　　我们这一队人是高中时候聚集在一起的,后来在盟军联合登陆的时期四散开去,再次聚起来,已经有几个人不在了。我们有十二个人,都二十来岁,男女都有。每个周末,我们会组织舞会,从晚上八点到凌晨三点,我们还会一起度过一个早晨。父母不在的时候,我们的聚会地点从家里,到乡下,再到小河边,轮换着来。

　　我们每个人都会按次序负责食物的事儿。只要三张美味的大匹萨就够了,把它们切成块儿,再来上几瓶好葡萄酒。我们所有的人都很节制,大伙儿谁也没醉过。我们之间没有产生什么爱情故事,有的只是偶尔相互的好感。

　　这种想要在一起的想法,想要在一起跳舞、喝酒的感觉,让我们对未来有了更加坚定的信念。1944 年的夏天,这种想法更加强烈了。那时候,我们每天见面,夕阳西下的时候,我们会一起漫步。那是头一个夏天,我们都感受到了平静。然而,这也让我们预感到,青春即将不再。

　　后来有一天,我记得很清楚,那是 7 月 1 号,贝奇和菲利普宣布的消息,着实让我们吃了一惊——他们在一起了。他俩承认,他们已经暗地谈恋爱很久了。而我们竟一点儿也没发现!我们把他们单独结伙的行为视作背叛,为了补偿,我们让菲利普负责了整个月的伙食。菲利普是我们当中年纪最大的,他那时已经二十一岁了，也是我们当中家庭最富有的。

从那时起，我注意到，贝奇对我的态度发生了变化。在那之前，我和贝奇之间，算得上是真正的朋友。她处在很美的年华——十八岁，她比我高些，金黄色的长发微微有些泛红，双腿细长，很是好看。看她穿泳装，真是一种享受。我们常在一起跳舞，跳那时流行的布基伍基[1]，我们是很好的舞伴。而当她和菲利普在一起后，我觉得，顺理成章，她应该只会和他结伴。然而，7月末的一个周末，她来到我身边，对我说，她想和我一起跳舞。

"我们跳布基舞吗？"

"好。"

我们跳舞的时候，她环在我背后的手把我紧紧地向她拉近，她紧盯着我。忽然，她对我说："我只告诉你，10月初，我就要结婚了。"

说完，她就回到了菲利普身旁。菲利普不怎么喜欢跳舞，他更愿意拐个倒霉家伙，男孩儿女孩儿无所谓，把人带到一旁，给人家讲哲学。所以，贝奇后来到我身旁，他倒也没表现出什么不满。反倒是我，有些心神不宁的。

---

[1] 布基伍基（Boogie Woogie）是20世纪60年代节奏摇滚（Blues Rock）的一个重要支流，一种炫技性极强的音乐，曾经有一段时间人们对它情有独钟。

"贝奇,你怎么了?"我问她,有些惊慌,也有点儿不自在。

"别多问,傻瓜。"

如果他喜欢这样……

最后一支舞的时候,她在我耳边悄悄地说:

"下周六,你把一整天空出来。"

周五那天,晚间散步的时候,贝奇对我们说,因为她父母出门了,她家在海边的房子闲置出来了,所以明晚的舞会可以在她家举行。她还说,她和菲利普会在一大早就过去。然后,她看向我,问道:"你也来吗?"

我本打算说不。我去做什么?当"电灯泡"吗?

可她的眼神阻止了我。我同意了。第二天一早,贝奇、菲利普,我和玛丽安娜,我们一起骑着自行车出发了。玛丽安娜是菲利普十七岁的妹妹,也是两位新人的卫道者。一到别墅,我们就穿上泳衣,去了沙滩。太阳的炙烤令人难耐,我们简直就是身处于烤架上方。菲利普撑开从家里找到的遮阳伞,和玛丽安娜躲在下面。我和贝奇下了水。我们游了很远,然后停下来。水下,贝奇用双腿夹住我的腿。但我们不能接吻,岸上的人会看见我们。不一会儿,她变得激动,放开我,朝岸边游去。

刚到伞边,她就对菲利普说:"我想刺海胆。你陪我一起吗?"

这意味着要顶着烈日在沙滩上走一公里,一直要到白悬崖海滩[1]。菲利普拒绝了,他朝我看着。我意识到,菲利普的拒绝,贝奇早就料到了。我从包里拿出刀,和贝奇一起去了。一走出他们的视野范围,我们就跑了起来。欲望比太阳还要炙热。沙滩一望无际。我们气喘吁吁地,在白色大理石阶扶壁的一处阴影里躺下来。

接下来的两个小时,我们疯狂地、不间断地做爱,连一句话也没有说。我们忘记了海胆,忘记了时间,也忘记了整个世界。就连回去的路上,我们也没有开口。那天晚上,我们连手都没碰。那晚,她只和菲利普跳舞,而只把我当成永远的朋友。就如我当初没有问她为什么一样,七十年后的今天,我也不会问。

---

[1] 白悬崖海滩,也称为"土耳其人的阶梯",位于意大利西西里岛阿格里真托附近,因其罕见的白色悬崖成为西西里岛上的著名景点。

4. 比安卡

在这本集子里，比安卡·朗齐亚的名字是不可或缺的，因为她短暂、痛苦的一生是应该被铭记的，我认为多年前我读过她的一本传记。我之所以说认为，是因为那个版本的传记和后来找到的其他版本都不同。而后来，我再也没有找到之前那个版本，我也已经忘记了那本书的作者是谁。不仅如此，维基百科上所讲的比安卡·朗齐亚的故事，也和我记忆中的大相径庭。所以，我得出结论，那本传记是我的一个幻想，甚至是一个梦境。记忆总爱开这种玩笑。

我就从官方的《圣经》开始说起吧。

比安卡是阿利亚诺伯爵、布斯卡维瑟侯爵博尼法西奥的女儿。博尼法西奥的兄弟曼弗雷迪是神圣罗马帝国[1]皇帝腓特烈二世[2]的忠臣，也是他的朋友。1240年，腓特烈二世任命曼弗雷迪为帝国在意大利的副主教，后来又任命他为阿斯迪和帕维亚的皇家统帅。1225年，腓特烈二世与约兰德·迪·布里昂再婚（他的第一任妻子是康斯坦丝·迪·阿拉贡）的时候，朗齐亚一家还被邀请去参与庆祝。在这样的契机下，比安卡不仅第一次见到了腓特烈二世，还疯狂地爱上了他，实际上，成了他的情妇。

他们的关系后来持续了很长时间。比安卡为他生了三个孩子：康斯坦茨（1230）、曼弗莱迪（1232）和薇奥兰特（1233）。腓特烈二世费德里科和不少情妇都有私生子，但比安卡无疑是最受宠爱的，因为她是费德里科最宠爱的儿子曼弗莱迪的母亲。1241年，费德里科的第三任妻子——来自英国的伊丽莎白过世，伊丽莎白于1235年嫁给费德里科。此后，比安卡获封了圣安杰洛要塞所附属的领地。据一些野史所述，由于费德里科近乎变态的醋意，她在这里隐居了多年。费德里科陷入一种疯狂的占

---

[1] 神圣罗马帝国，962年至1806年统治西欧和中欧的一个大帝国，德国人将其定义为德意志第一帝国，和后来的德意志第二帝国（1871年成立）、德意志第三帝国（1933年成立的纳粹德国）相区别。

[2] 腓特烈二世（1194—1250），神圣罗马帝国皇帝亨利六世之子，曾领导十字军东征，多才多艺，被称为"王座上第一个近代人"。

有欲，他要把自己的爱人完全隔离起来，为自己所拥有。

根据历史学家潘塔莱奥（Pantaleo）和他的父亲博纳文图拉·达·拉玛（Bonaventura da Lama）的说法，似乎是在比安卡怀着曼弗莱迪的时候，费德里科把她囚禁在了焦亚德尔科莱城堡。后来，分娩后的比安卡割胸自尽，并把它连同新生儿一起送给了皇帝。但如果是这样，又怎么解释薇奥兰特的孕育呢？

其他的编年史作者说，大约在1246年，费德里科秘密迎娶了已露临终迹象的比安卡，因为那时的她患了重病。但塞利姆·德·亚当[1]在他所著的《编年史》中记载了另一个非常不同的版本。在这个版本中，比安卡有着非常健康的身体，她装病只是为了让费德里科娶她，她甚至活得比费德里科还要久。费德里科病逝于1250年。总之，比安卡的编排和爱德华多（Eduardo）所创作的经典喜剧[2]中菲鲁梅诺·马图拉诺（Filumena Marturano）的骗局如出一辙。不过，塞利姆所宣称的比安卡活过费德里科的事实，却和我想象中或是曾经读过的十分贴切。故事是这样的：

1212年，十八岁的费德里科已经成了西西里的国王，但还

---

[1] 塞利姆·德·亚当，意大利作家、宗教人士，《编年史》的作者。
[2] 即爱德华多·德·菲利波导演的喜剧电影 *Filumena Marturano*（1951）。

没有称帝。他来到热那亚[1]寻求这座城市的海上援助。他在那儿待了两个半月。有时候，他会去皮艾蒙特城堡找曼弗莱迪·朗齐亚。那时候，比安卡还是个小姑娘，她认识了他，并且爱上了他。费德里科离开以后，小姑娘暗自许愿，这个人就将是她这辈子的男人。十三年后，她实现了她的梦想。费德里科回报她以满满的爱，他请大库利亚地区的诗人为她吟诗作赋，包括赫赫有名的贾科莫·达·伦蒂尼（Giacomo da Lentini），以及皮耶·德勒·维尼（Pier delle Vigne）。费德里科总是陪伴在她左右，就算是她待在圣安杰洛山或焦亚德尔科莱古堡。皇帝死后，比安卡在一处修道院隐居，多年后过世。她只随身带了一个小匣子，里面放了七件东西，不是珠宝，而是一些关于费德里科的爱的信物。

我记得，在我读过的那本传记中，并没有明确说明七件信物究竟是什么。正是这个问题让我纠结不已。她究竟在小匣子里放了什么呢？一定会有费德里科为她作的诗。还有呢？

也许，作为男人，我永远也无法猜出。应该只有女人，像比安卡这样在一个被许多史学家定义为"世间传奇"的男人身边生活多年，爱着他，也被他爱着，或许才会懂得吧。

---

[1] 热那亚，意大利最大商港和重要工业中心，位于意大利西北部利古里亚海热那亚湾北岸，历史悠久，曾是热那亚共和国的首都。

5. 卡 拉

那是我二十八岁生日的时候,有一对与我同龄的年轻夫妇邀我吃晚餐,并和其他的朋友一起庆祝。

我从他们家出来,大约凌晨两点多的样子。我略微有些醉意,摇摇晃晃地朝电车站走去。尽管罗马九月的秋夜十分宜人,但街上依旧空旷。车站处,有一个姑娘坐在地上,背倚着支撑时刻牌的栏杆,双臂交叉环抱在膝盖上,头向下埋着。因她低着头,我看不清她的脸,她那金黄色的长发还耷在两旁。我感觉她是睡着了。当电车开来,铿锵声不绝于耳的时候,她也一动不动。

于是,我俯下身,碰了碰她的肩膀。

"醒醒！车来了。"

她缓慢抬起头，大大的蓝眼睛里默默地滚出大滴大滴的眼泪。她不说话，也没有丝毫要站起来的意思。于是，我弯下一只膝盖。

"不舒服吗？"

"不。"

"那你为什么哭？"

"我哭了？"她有些傻傻地问。

女孩用手在脸上擦了擦。她看了看双手，然后在牛仔裤上蹭了几下。

"是的，"她说，"我刚才都没有注意到。"

就在这时，电车开来，停下，又开走了。我没能上去。

由于我没赶上车，只好朝最近的出租车停靠点走去。我想我恐怕得再等一个小时。可没一会儿，就有人喊我：

"别走。"

她问我能否给她一支烟。她的问话没有语调的变化。我坐在她对面的人行道边沿。她沉默了一阵子，然后开始说话，她蜷缩着，像一只刺猬。

"我叫卡拉，你呢？"

我告诉了她我的名字。她猛地抬起头，这一次，她盯着我看。

"我的第一个男朋友的名字和你的一样。我很爱他。他死了。"

她又把头埋了下去。突然,我意识到了事情的荒谬。

"卡拉,"我说,"我有点儿累,我想回家睡觉。如果你愿意,我可以送你一程。"

"我不记得我住哪儿,"她说,"所以我才坐在这里。我在等我自己回忆起来。"

"那你没有钱包、证件,或者别的东西吗?"

"我什么也没有。我的东西都丢了。可能是有人把它们都偷走了,我不知道。"

她是认真的,还是在开玩笑?从她说话的语调来看,我觉得她说的是实话。

"如果你不记得你住在哪里,那你怎么办?你去宾馆吗?"

"我一分钱都没有。"

"那你打算在哪儿过夜?"

"不知道。"

我很快做了个决定。我提议她去我家,我告诉她,和我同住的朋友正好不在,第二天早晨晚些才会回来,所以她可以睡在他的房间里。

"好的。可是我不希望你有什么想法……总之,我不……"

"我懂,"我说,"你不用担心。"

她站起身，我们朝停车场走去。

她比我高，模特身材。应该和我一样的年纪。有时，她会放慢脚步，停下来，皱起眉头，向四周看看，慌慌张张、手足无措的样子，然后又开始走起来。

我们窜到一条车辆还算多的街上，街对面就是停车点。我们的右边，正有一辆车飞快地开过来。我们停在人行道上，让它先过去。突然，卡拉让我震惊，她开始大声地数数：

"一，二，三！"

数到三的时候，她冲向街道中央，朝汽车扑过去。我闭上眼睛，吓蒙了！我听到的，不是意料中可怕的撞击声和刹车声，而是轮胎刺耳的爆破声。我赶紧睁开眼，看见司机成功地避开她，从她身旁擦身而过，往前开去了。卡拉还停在路中央，一动不动。有几辆车又要开过来了。我追上她，为了让她往道路的分界线处躲躲，我抓着她的肩膀，几乎是拖着她在走。

"你疯了吗？"

"没有。"

"那你为什么这么做？"

"我就是突然想那么做。"

我不禁被她的话吓得身子一抖，她却一脸平静。出租车上，她望着我，像之前从未见过我。

"你刚告诉我你叫什么来着?"

"安德烈亚。"

"你是第一个我认识的叫这个名字的人。我叫斯特法尼亚。"

可是,她刚才还告诉我……唉,算了吧。

我们刚到家,她跟我说的第一件事就是:

"我要水。"

"你想喝吗?"

"不,浇在我身上。"

"你想洗澡?"

"对,就是这个。我想不起来怎么说了。"

我先给她指了指她的房间,然后告诉她浴室在哪里。一刻钟以后,她出现在我面前,浑身赤裸,满是水滴。她让人无法呼吸。

"我不会关水。"

我去关上了水龙头。她没擦干身体,也没跟我打招呼,就径直去睡了。她把衣服留在浴室。我仔细翻了翻她衣物,牛仔裤是最好的牌子,所有兜儿都是空的,仅有的东西是一条手绢。那晚我睡得很沉。醒来的时候,已经是早晨十点。我想起了卡拉,或者应该是叫斯特法尼亚?我起床,去了她的房间。只看见一张乱七八糟的床。我去浴室,她的衣服已经不见了。我发现,

Donne

我昨晚挂在浴室门背后的牛仔裤正躺在地上。我捡起裤子，看见底下还落着我的钱包。我清楚地记得，钱包里有仅剩的四千里拉。现在，只剩下三千里拉。

6. 卡梅拉

谨此祭奠我十七岁的泪水。

1942年的那晚，在我家乡唯一的一间电影院，放映的影片是《卡梅拉》。影片主演是多丽丝·杜朗蒂（Doris Duranti）[1]。

那时候，只要听到这个名字，就足以让电影院爆满。不过，那之前的一两年，杜朗蒂的名字还只和影片的惨淡票房挂钩。

后来，在森·贝涅利（Sem Benelli）[2]的影片《愚人的晚宴》的一组快镜头中，杜朗蒂大胆地裸露出一只乳房。这在当时的

---

[1] 多丽丝·杜朗蒂(1917—1995)，意大利女演员，代表作品为《神精灵》《利比亚骑兵》等。
[2] 森·贝涅利（1877—1949），意大利诗人、剧作家。

意大利，在那个法西斯的厉政时代，可谓史无前例。

后来，她企图再创辉煌，却终是徒劳。

那晚，我的同乡们都很失望。很多人看到败笔之处，纷纷离开了影院。

可我却看得痴迷，不仅因为故事情节，更为电影的画面和杜朗蒂的精彩演绎所打动。

电影的导演是弗拉维奥·卡尔扎瓦拉（Flavio Calzavara）[1]。影片改编自艾德蒙托·德·亚米契斯（Edmondo De Amicis）[2]的一篇小说，这也是令我非常震惊的。

我那时只知道，亚米契斯有一本很著名的作品《爱的教育》，仅此而已。

在电影所讲述的故事中，主人公是一个非常漂亮又谨慎的姑娘，她成长在西西里岛附近的一个小岛上，是个被遗弃的年轻生命。她爱上了一个负责医疗的官员，并和他订了婚。可惜，官员一接到调令，就抛弃了她。于是，卡梅拉陷入孤独，竟慢慢地疯了，像一艘没有舵手的船只，一缕清风就能把它引向大海。

这种疯狂，包裹着甜蜜，也满含忧郁。但是后来，新任的

---

[1] 弗拉维奥·卡尔扎瓦拉（1900—1981），意大利电影导演、编剧。
[2] 艾德蒙托·德·亚米契斯（1846—1908），意大利著名儿童文学作家，代表作为《爱的教育》等。

官员前来接替已走的同事,并也对卡梅拉这标致、甜美的姑娘一见倾心,他精心编排了一出心理剧,终于让姑娘恢复了理智。

这部剧的点睛之处,是官员所唱的一首歌。那首歌的第一节,至今我还记忆犹新:"卡梅拉,我在你的膝下静候,注视你的眼睛,亲吻你的面庞,度过我的每一天。"

故事的结局像所有美好的童话一样——卡梅拉和官员举行了婚礼。这是个很明显的大团圆结局。

那我为什么哭了呢?

首先,我要声明,我是在年纪大了以后,才加入了那些在电影院里忍不住哭泣的人群的。这类人很多,我甚至知道一些演员,他们在看到自己演的一些悲剧场景,也会忍不住泪如泉涌。奥玛·沙里夫(Omar Sharif)[1]就是个很好的例子。

七十岁以前,我应该就那次哭过吧,如果不是那次,我也不记得了。不是故事感动了我,而是杜朗蒂,在她因丢失的爱情而陷入疯狂的几个瞬间,特别是她尝到咬人的孤独滋味时,那张热切的、温柔的、艳丽无比的,又动人心魄的脸庞,令我久久不能释怀。

看到那张脸,我竟也脑补了一出心理剧。一瞬间我就明白,

---

[1] 奥玛·沙里夫(1932—2015),著名埃及男演员,代表作品为《阿拉伯的劳伦斯》《日瓦戈医生》等。

我的不安、忧郁、精神的失衡，与其归咎于年龄，倒不如说是因为预感，或者更确切地说是因为害怕拥有和卡梅拉一样的境遇，没法打破我被判处的孤独之刑。

也就是在那晚，我做出了决定——迟早要离开我的家乡。

7. 卡 门

法国作曲家乔治·比才[1]创作的最著名的歌剧《卡门》，要归功于两位经常一起创作的著名的喜剧作家梅尔哈（Meilhac）[2]和阿莱维（Halévy）[3]。他们二人撰写了这部歌剧的脚本。

《卡门》这部歌剧并非原创，而是来源于一出戏剧。大约在19世纪中叶，在歌剧《卡门》诞生的三十年前，法国剧作家普

---

[1] 乔治·比才（1838—1875），法国作曲家，全球上演率最高的歌剧《卡门》的作者，创造了19世纪法国歌剧的最高成就。
[2] 梅尔哈（1831—1897），法国剧作家和歌剧编剧。
[3] 阿莱维（1799—1862），法国作曲家，因歌剧《裘依芙》成名。

罗斯佩·梅里美（Prosper Mérimée）[1]就曾创作出了同名的作品。

如果我没记错的话，比才所做的事情，应该只是把《卡门》搬上了法国的歌剧院舞台。只不过，它最早排演的剧院，一直在经历翻修，后又被一场大火焚毁，因此，第一场正式的演出被搬到了当时一个非常小的剧院——巴黎喜歌剧院（Opéra—Comique）。

1873年，当该剧的导演——古板的德鲁文先生，无意中看到梅尔哈和阿莱维创作的脚本时，他竟被完全地震惊了。

他借着戏剧演出，把自己强烈的困惑寄于其中。他认为，像卡门这样没规矩又反叛的女性，如此的"不知廉耻"，她怎么能去破坏那些善良的资产阶级家庭？！这些资产阶级可都是光顾他的剧院的常客。

于是，在他所执导的剧中，卡门的结局，是被嫉妒的情人用刀砍死了！在执导过那出戏的导演们的记忆里，在辉煌的舞台上，一部剧的女主人公会以那么惨烈的方式死去，还真是闻所未闻！

那么，这部歌剧的编剧，以及后来的作曲家，都没能做出一点小小的努力，好让结局少一些血腥吗？

其实，这种拉锯式的争执是有的，而且持续过很长一段时间。

---

[1] 普罗斯佩·梅里美（1803—1870），法国现实主义作家、中短篇小说大师、剧作家、历史学家，代表作为《卡门》《高龙巴》等。

后来，德鲁文为了维护尊严，竟然选择了辞职。而他的继任者——杜罗克雷（Du Locle）则为这部剧的改编开了绿灯。不过，即便是他，心中也存有许多疑虑。

1875年，这出歌剧正式首演，剧情冲突很是激烈。于是，一个"令人不耻"的女性卡门的形象，一时震惊四座。

尽管有人注意到，在剧情的最后，杀死卡门的行为代表着对荒淫无耻生活的正义的惩罚，是女人造成了这悲惨的结局，所有观众都接受着这种希腊式悲剧的"有益健康"的洗涤，然而，在那个时代，却没人能从卡门的血液中汲取什么养分。于是，在之后的文艺作品中，出现了一箩筐的女性形象，而她们，似乎比烟厂女工卡门，还要危险得多。

我们先说说娜拉·海曼（Nora Helmer）。她是挪威剧作家易卜生[1]的《玩偶之家》（1879）的女主人公。她抛弃丈夫和舒适的生活，只为了葆有精神上的完整和独立。

可是，为什么会这样？像娜拉这样的女性，丈夫忠诚，生活安逸，有一座漂亮的大房子，她似乎并不缺少什么，却怎么因精神上的荒诞念头，而抛弃婚姻呢？故事的最后，她为了情人离开丈夫，这或许算是一个可以理解的缘由吧。

---

[1] 亨利克·约翰·易卜生（1828—1906），影响深远的挪威剧作家，被称为"现代戏剧之父"。代表作为《玩偶之家》《人民公敌》等。

不过，这样的理由似乎欠缺真实性和具体性……

很长一段时间，易卜生的这部作品被诠释成一种女性宣言，然而作者或许是为了开脱责任，曾在一次女性团体的会议上说，他原本只是想提出一种涉及夫妻之间忠诚的婚姻观点。

娜拉被认为是一个非常危险的例子。因为在男性作为一家之主的这种单一思想体系的背景之下，她能够引发其他女性对思想独立性的追求。

为了避免这种思想的蔓延，在一些非欧洲国家，这出戏剧的上演被开出了额外的条件，那就是要增加一个结尾——娜拉对自己的行为感到懊悔，她回到家里，请求丈夫原谅她。

再说说海达·高布乐（Hedda Gabler），她是易卜生创作的另一个人物。她打破了自己编织的、萦绕在其周围的脆弱的家庭关系，最终一枪结束了自己的生命。这又该如何理解呢？

"想不到她真会干这种事！"这是这部剧的最后一句台词，说话的是一名曾对海达进行过性敲诈的男子。这部戏剧穷尽各种可能，在诠释大多数观众的思想。

1888年，瑞典小说家奥古斯特·斯特林堡（Augusto Strindberg）[1]创作的朱丽小姐，是一位年轻的女性。在女巫之夜，

---

[1] 奥古斯特·斯特林堡（1849—1912），瑞典戏剧家、小说家、诗人。《在罗马》《被放逐者》《奥洛夫老师》是其代表作。

但丁的女人

她没能抵住诱惑,诱奸了一个朝气蓬勃的侍者——吉安。

我们是在开玩笑吗?这可能吗?一位女性,把持不住冲动,玷污自己,把自己交给第一次遇见的人,而丝毫不顾及自己的社会身份和地位,也不理会要遵守的社会准则?假如如此开始,那又该如何结束呢?

我并不敢保证,答案似乎是在几年后,由韦德肯(Wedekind)[1]通过他的作品《潘多拉的盒子》中的主人公露露(Lulu)给出的。她像一种主宰,是强烈性欲的完全化身。

在她面前,每一个男人都会宿命般地陷入情欲的旋涡,并最终命丧开膛手杰克刀下。

好在19世纪之末,法国开始盛行塔巴林舞步(bal tabrain)和歌舞杂耍表演(vaudeville)。女人们重新获得了赞扬,因为她们所展现出来的优雅,也因为她们机智的头脑。而以前从未有过。

于是,那些善良的资产阶级观众们,终于可以安然入睡了。

而我,写完这些文字,并不打算像往常一样点燃一支香烟。这次,我点着了一支雪茄。

对,致敬卡门!

---

[1] 弗兰克·韦德肯(1864—1918),德国剧作家。

8. 苔丝狄蒙娜

《奥赛罗》是莎士比亚[1]的经典悲剧。可如果只读文字,简直是一团糨糊。里面的时间、人物性格、心理特征,不合逻辑之处难以穷尽。学者们恨不得拿着放大镜一探究竟,却最终无果。不过,所有这些缺陷,一经从纸面搬上舞台,竟奇迹般地消失不见了。

根据大多数评论家的观点,这部戏剧被定义为"嫉妒的

---

[1] 威廉·莎士比亚(1564—1616),杰出的英国剧作家和诗人,创作了大量脍炙人口的文学作品,被喻为"人类文学奥林匹斯山上的宙斯"。代表作为《罗密欧与朱丽叶》《哈姆莱特》等。

悲剧"。

但真的是这样吗？

莎士比亚创作《奥赛罗》的灵感来源于意大利人乔万·巴蒂斯塔·吉拉尔迪·琴佐（Giovan Battista Giraldi Cinzio）[1]的小说集 *Ecatommiti* 的第三部分第七篇。至于他读的是原版，还是法语的译文版，就不得而知了。除苔丝狄蒙娜这个人物外，琴佐并没有给其他的人物取名。因此，在悲剧《奥赛罗》中出现的人物，奥赛罗、伊阿古、凯西奥、爱米利娅、勃拉班修，以及罗德利哥等名字，都是莎士比亚的原创。

不过，是什么促使剧作家把主人公设定为"威尼斯公国的摩尔人[2]"呢？一个黑皮肤的人，有什么特殊的意义吗？

很可能，琴佐原先就有两个现实中的人物原型：一个是克里斯托弗·摩洛（Cristoforo Moro），威尼斯公国的统治者；另一个则是"摩洛船长"，这是个外号，因为其人皮肤黝黑，实则是个意大利南方人，真名是佛朗西斯科·达·塞萨（Francesco da Sessa）。

然而，显而易见，莎士比亚却把奥赛罗这个人物变成了货

---

[1] 乔万·巴蒂斯塔·吉拉尔迪·琴佐（1504—1573），意大利小说家、诗人。
[2] 摩尔人，多指中世纪时期居住在伊比利亚半岛（今西班牙和葡萄牙）、意大利西西里岛、马耳他、非洲西北部等地的穆斯林。

真价实的摩尔人。他是威尼斯共和国勇敢的将军，因其英勇的战绩，赢得了元老勃拉班修的年轻女儿苔丝狄蒙娜的青睐，并与其私下成婚。

在伊阿古的诡计下，元老撞上了他们二人结合的场景，当即暴怒，称他们的结合是"背叛血亲"。我认为，这句话就蕴含了悲剧的内核。我们一会儿来看结局。

另外，元老勃拉班修还斥责奥赛罗诱骗了自己的女儿，用不知什么春药和巫术使她迷失了心智。这里的种族讽喻已经十分明显：奥赛罗被指成巫师，血液中满是念咒施法的伎俩。

元老把这件事报告给了威尼斯的执政官。与此同时，进来一个传信人，向执政官报告了土耳其对威尼斯的攻击已迫在眉睫，他说服执政官迅速派奥赛罗将军出征，以保卫岛屿的安全。新婚的苔丝狄蒙娜也陪伴在奥赛罗左右。

于是，在这里就出现了一处混乱。从夫妇俩登陆威尼斯到悲剧结束，恰好三十六个小时。这么短的时间，所有的事情闪电般地发生，为的是让苔丝狄蒙娜和她的假定情人凯西奥能够寻到恰好的时间，热情洋溢地进行短暂的交谈。

在伊阿古的挑唆下，奥赛罗的嫉妒之心被不断激起，最终蒙蔽了他的双眼。一个原本理智的人，就这样逐渐丧失了思考的能力。这一点是可以理解的。

可是，为什么苔丝狄蒙娜却不用自己的理智作为武器，为自己辩解，自我保护呢？就算不针对已失去理智的奥赛罗，针对自己不可以吗？用理智让自己摆脱困境不可以吗？

我不得不啰唆一句。世界上任何女人，在遭到丈夫怀疑自己背叛的时候，如果不去解释，为自己辩护，恐怕都会落得苔丝狄蒙娜一样的下场。这种消极的态度，会自然地回击到她自己身上，加重奥赛罗的怀疑。

当男人向她宣称要杀了她的时候，她的回答竟是："上帝会怜悯我的。"

当奥赛罗看见他曾送给苔丝狄蒙娜的定情信物——手帕，竟落在凯西奥手中，对她厉声责备时，她却说可能是凯西奥在地上捡到的。这也许是事实，但这么一说，却更不像这样。

每次当奥赛罗指责她是妓女，说她背叛了他时，她总会反问这样的问题：和谁，为什么？从来没有问过什么时候。如果问出这个问题，奥赛罗恐怕也无法给出答案，因为根本就不存在背叛的时间条件。

苔丝狄蒙娜的这种消极、无意识合作的态度，总是让我感到很纠结。

或许她的辩解也不是没有，在第一幕里，当出现了因嫉妒而生的暴力场景时，她曾对丈夫说：

"你们丢了的东西，我也弄丢了。"

苔丝狄蒙娜很清醒，为了爱情，她已经背叛了自己的血亲，这是她的父亲勃拉班修曾惊慌失措地对她叫嚷着说的。那场婚礼让她离感情、友谊、家人、朋友都渐行渐远。苔丝狄蒙娜清楚地知道，结束塞浦路斯之行，返回威尼斯以后，那场她无能为力的婚姻恐怕会充满争吵与对峙。

总之，苔丝狄蒙娜凭直觉感到，她和一个摩尔人——奥赛罗的结合，充满了幻灭的风险，或许是这样，也或许是那样。

于是，她消极自弃，只在最后几瞬，她终于焕发了反抗的精神，可惜为时已晚。

不，这不是奥赛罗的嫉妒的悲剧。

这部悲剧中，还掩藏着一个更大的悲剧，那就是对血液的背叛。对，这样一切就清楚了。

苔丝狄蒙娜把自己当成牺牲品，她用死去偿还背叛。

如果确实要以嫉妒作为主题，那么不得不说，以我的观点来看，受害者不是苔丝狄蒙娜，而是奥赛罗。而受嫉妒毒害的悲剧人物应该是伊阿古。他嫉妒米凯利·凯西奥，为了扳倒凯西奥，他利用奥赛罗，同时也嫉妒奥赛罗。他还觉得，奥赛罗垂涎自己的妻子爱米利娅的美貌。

从这里，我要开始讲另一个话题。

9. 德茜德蕾亚

给女儿取名德茜雷雷（Desirée）或德茜德拉塔（Desiderata）是一回事，叫德茜德蕾亚（Desideria）则是另一回事了。如果我没弄错，德茜德拉塔（Desiderata）侧重于被他人需要，德茜德蕾亚（Desideria）的意思则是自己有很多不同的愿望。作为父亲，在给一个新生儿取这样似乎欠考虑的名字时，我一定会斟酌再三。因为有一天，这个小生命会成长为一个女孩，一个女人，一个妻子。所幸，在成长中，为了显得更有女人味儿些，女孩们会换掉受洗时父辈们给她们取的名字，用上诸如格拉其娅（Grazia）、贝莉（Bella）或者塞瑞娜（Serena），这些名字分别是粗鲁的、丑陋的、歇斯底里的反义词。

我认识的那个叫德茜德蕾亚（Desideria）的姑娘人见人爱。她并没有对任何东西有什么特殊的欲望。她漂亮、优雅、身材纤细，身上流淌着贵族般的血液。不过，她是个酒商的女儿。这酒商野心勃勃，甚至有些狂妄自大，他把女儿送到了瑞士收费最贵的学校里念书。

当她在那所学校念了几个月以后，我发现，世上再大的响声到了她那儿，就仿佛你把一个巨大的贝壳靠在耳边所听到的海浪的窸窣声。生活的好坏对她的影响已经微乎其微。这不是一种后天才得来的态度，而是一种天生的对世界感知的乏力。

从她身边的男孩子眼中，你可以读出一种想要追求她的强烈渴望，可同时，又有一种不知从何开始的无力感。

他们感觉到，尽管德茜德蕾亚能够一一唤出他们的名字，但实际上，她并不能真正地认识他们，不能穿越脸庞的面纱，深入地了解他们。

可我却几乎很快就谙知同她交往的技巧。我从来不会对她说："你想和我一起去看电影吗？"

我经常会用命令的口吻，但从不让他人听到。我会说："你要是没有别的事儿，今天就和我去看电影！"这可不是什么呆板的行为，因为如果我问她，你想不想和我去看电影，她一定会说不。

　　我不得不强调的是，我从没听她表达过任何一个小的愿望。她接纳她得到的一切，如果不是非她莫属，她便会礼貌拒绝。就算是处在对她不利的境遇，她也不采取任何举措。好比那一次，在海上。

　　我们一行三人。她、我，还有我们共同的朋友马里奥。

　　我们让她坐在大伞遮挡的阴凉处。接着，我得走远几个小时。我回来的时候，德茜德蕾亚正完全暴晒在太阳下，皮肤被晒红了，整个人形容枯槁。

　　"你怎么不让她挪个地方？"

　　"我问她要不要挪一挪，她说不。"

　　他搞错了询问方式。

　　"去阴凉处。"我冲她喊道。

　　她很快服从我的安排，朝我看了一眼，满是感激。

　　认识她的人对她的个性有不同的看法。有人简单地认为她愚笨；有人认为她扭捏胆小、呆板麻木；也有人认为她虚有其表，毫无心智。一个跳舞的朋友送给她一个绰号"贝拉奎亚"(belacqua)，这是《神曲》中的一个人物的名字，她因为懒惰或贪婪，坐在通往炼狱的山脚下，永远待在那里自我放逐。其实所有人都错了，在德茜德蕾亚心中，没有任何那样的欲望。

Donne

一天晚上，我们一伙人在维特尔博（Viterbo）散步。就在散步结束互道晚安的时候，马里奥对德茜德蕾亚叮嘱说："别把门反锁！"他已经学会了我对待她的方式。

她惊讶地看着他，什么也没说。当确定所有人都已经入睡，马里奥起身，小心翼翼地穿过走廊，来到德茜德蕾亚房门前，他动了动门把手，打开门，走进去，关上门。

街边的路灯光微弱地照进房间。德茜德蕾亚穿着睡衣，坐在一把椅子上。她在等着马里奥。马里奥让她站起身，帮她脱掉衬衫，让她平躺在床上。

"抱我！"

德茜德蕾亚抱了他。

"吻我！"

德茜德蕾亚吻了他。

马里奥突然站起来。这一切让他猛然感觉到自己很无耻，这简直就是一种强奸行为。他弯下身，用嘴唇轻触了她的额头。

"对不起，晚安！"他对她说。

"晚安！"她平静地回答。

两年后，德茜德蕾亚和图利奥（Tullio）结了婚。图利奥是我的一个好朋友，他出身显贵，家境殷实，并且深深爱上了德茜德蕾亚。是我告诉了图利奥能够让德茜德蕾亚顺从的秘密。

不过,他得要一再坚持。

德茜德蕾亚在分娩她的第一个孩子的时候去世了。

葬礼上,图利奥让我伴在他左右。

"你知道吗?"他哽咽着,断断续续地对我说,"这个孩子是她想要的。这是婚礼上她给我提的唯一要求。她第一次对我说,'我不要你的衣服,不要你的珠宝,我只想要一个孩子。'"

10. 海 伦

故事源于一起明显做了手脚的选美大赛,或者说是作了弊的,如果你们更乐于接受这样的说法的话。让我按序来讲吧。卡桑德拉(Cassandra)是一位从未失算的女预言家,在她这行里可谓独一无二。不过,她有个恶习:只预言那些不幸的事情。她警告特洛伊[1]的国王普里阿摩斯(Priamo)和他的妻子赫库芭(Ecuba),他们生下的叫帕里斯(Paride)的小孩会成为特洛伊

---

[1] 特洛伊,古希腊殖民城市,公元前16世纪前后由古希腊人所建,位于小亚细亚半岛西端达达尼尔海峡东南,因公元前12世纪的特洛伊战争而闻名。城市在战争中成为废墟。荷马史诗《伊里亚特》即叙述此次战争事迹。

城毁灭的原因。为了击碎这不幸的预言，普里阿摩斯将帕里斯遗弃在伊达山上。帕里斯过着牧羊人的生活，一天天长大，成了个俊俏的小伙儿。

我们转换一下场景。

在众神的居所奥林匹斯山[1]上，上演了一场雅典娜[2]、赫拉[3]、维纳斯[4]之间危险的争执，她们要一较高下，看谁是最美的。如果这样的纷争发生在凡尘的女人之间，恐怕会带来灾难性的后果，那么在三位具备超自然力量的女神之间，又会上演怎样的一幕呢？真是让人迫不及待欲探究竟。

没有一位神明愿意担任裁判。原来在天上，也没人想陷入这样的麻烦。

于是，宙斯将赫尔墨斯（Ermes）[5]派往人间，去寻找一个适合的人。赫尔墨斯找到了英俊的帕里斯，他非常乐意担此重任。于是，帕里斯成了唯一的裁判，他将把金苹果这实实在在的奖励交给他认为最美的女神。

---

[1] 奥林匹斯山，希腊最高的山脉，位于希腊北部，希腊神话之源，被古希腊人尊奉为"神山"，他们认为那些统治世界、主宰人类的诸神就居住在这座高山上。

[2] 雅典娜，古希腊神话中的智慧与战争女神。

[3] 赫拉，古希腊神话中的天后、奥林匹斯众神中地位最高的女神，掌管婚姻和生育，捍卫家庭。

[4] 维纳斯，古希腊罗马神话中爱与美的女神，同时又是执掌航海的女神。

[5] 赫尔墨斯，古希腊神话中的商业之神、旅者之神。

但丁的女人

在第一轮选美的角逐中，三位女神做了自我展示。正当其他两位女神疏忽的瞬间，维纳斯对帕里斯耳语说，如果他让她获胜，作为交换，她将让他拥有海伦。海伦是人间最美的女子，也是她最为钟爱的。我相信，就算没有那诱人的礼物，帕里斯也会把奖颁给维纳斯的。

维纳斯是赢了，不过帕里斯的事儿却并不轻松。实际上，海伦已经嫁给墨涅拉奥斯（Menelao）多年。墨涅拉奥斯是斯巴达的国王，也是最强大的迈锡尼国王阿伽门农（Agamennone）的兄弟。帕里斯尽管有神相助，也只得将海伦抢走，并借着船把她带到了特洛伊。

我不禁发问：亲爱的男孩，为什么不把她带到伊达岛，带到你的羊群那里？你们会在那儿度过幸福的一生，吃着乳酪、新鲜的食盐，就着清澈的溪流浣洗衣衫，你们会爱上清晨的阳光，不绝于耳的清脆的鸟鸣声。在那里，又有谁会来找你们呢？

帕里斯王子带着他那艳丽动人的战利品，难道就没有别的去处，非得回到他的父母身边吗？这真像个没什么眼光的平庸之辈，又像当今社会没断奶的大小孩。

当他再次出现，卡桑德拉定会又掀起一番唇枪之战。我们再来切换一个场景。

墨涅拉奥斯（原谅我，可我确实觉着这个名字里包含着宿命感）面对这突如其来的一切，深感屈辱和背叛。于是，他说服自己的兄弟阿伽门农和其他的国王，驾着一艘巨舰，向特洛伊进军。

接下来的故事，再耳熟能详不过了。因为老师们在课堂上曾反复强调，有谁敢掉以轻心呢（另一个不轻的罪过，也得帕里斯背负才是）。

假如故事如此，那特洛伊的悲剧，实在怪不到海伦头上。

然而，不断有人指出，事情应该是另一个版本。海伦可不是无奈之下被掳走的，她对此完全知情，而且还里应外合，主动帮着帕里斯把自己掳走，反正前往特洛伊的海上之旅，并非其他，而是一场不间断的爱的练习。尽管她的美貌举世无双，无可争议，但同时她泛滥的性欲也是众所周知。还有人说她肆无忌惮，没什么修养。且不管别人如何说，墨涅拉奥斯的确比他年长许多，身材肥胖，个头矮小，怎么也不可能是她的理想伴侣。帕里斯却拥有她想要的一切。

当希腊人征服特洛伊——欧里庇得斯（Euripide）[1]在《特罗伊妇女》（Troiane）中给我们做了详细的讲解——墨涅拉奥斯想要把海伦带回斯巴达，然后杀死她。因为他听到了太多的流

---

[1] 欧里庇得斯（前485或480－前406），古希腊剧作家，与埃斯库罗斯和索福克勒斯并称为古希腊三大悲剧大师，代表作为《独目巨人》《阿尔刻提斯》等。

言蜚语，而这些完全不符合一个被掳走的妇人遭受性暴力所应有的境遇。赫库芭在海伦留在特洛伊的这段时间对她有了很深的了解。赫库芭警告墨涅拉奥斯不要和他的妻子见面，因为这个女人，只要一个眼神，就足以让他改变主意，总之海伦的魅力可以让任何一个接触到她的男人神魂颠倒。她指责海伦轻浮、贪婪，没有情感。海伦自我辩解，说这一切都是维纳斯的过错，她只是神的物品而已。结局大家都很清楚，墨涅拉奥斯尽管一脸严肃，回到斯巴达以后，对杀死海伦这件事，他还是考虑再三。于是，海伦这位诱惑之王又一次赢了。

后来，欧里庇得斯为海伦写了一部悲剧，并以她的名字命名。只不过，这算不上悲剧，而应该是他所写的第一部真正意义上的喜剧。这部剧简洁不失亮点，让海伦这位女性的光辉形象在几个世纪中不朽。剧中，海伦是墨涅拉奥斯忠实的妻子，当那个专断蛮横的帕里斯打算将她抢走的时候，她祈求赫尔墨斯帮她保住清白。赫尔墨斯为海伦做了一个非常完美的替身，长得和她一模一样，实际是一个非常性感的会讲话的娃娃，帕里斯将其掳走，他自以为带走了真的海伦。赫尔墨斯把真正的海伦藏在了埃及的灯塔下，托付给国王普罗特奥（Proteo）。海伦在那里独自过活，她靠着对远方的墨涅拉奥斯的思念支撑着自己。然而，平静的日子就在普罗特奥去世后被打破了，普罗特奥的儿子特奥克里梅诺（Teoclimeno）继承了王位，他看上了海伦，想要娶她。

海伦不想放弃墨涅拉奥斯，她每天清晨去普罗特奥的坟前祈祷，期望婚礼能够被取消。可祸不单行，有一天她得到消息，墨涅拉奥斯在特洛伊战死了。这让她如何再坚守下去？

就在这时，一个衣衫褴褛的希腊人领着一众男人和一个女人靠了岸。这个希腊人不是别人，正是墨涅拉奥斯。他在漫长的回国途中，已经变得一无所有。他旁边的女人，正是海伦的幻影之身。真正的海伦一出现，她就灰飞烟灭了。夫妇俩终于再次相拥。可问题是，如何才能逃离这片土地？因为特奥克里梅诺会杀死所有到达这里的希腊人。于是，机智的海伦筹划编排出一个巨大的骗局，终于让特奥克里梅诺允许她和墨涅拉奥斯逃回了家，从此幸福快乐地生活。

坦言说，于我而言，相比那些希腊经典大家笔下的海伦，我更偏爱18世纪后半叶一个作曲家以及20世纪一位喜剧作家所创作的海伦形象。

第一位是雅克·奥芬巴赫（Jacques Offenbach）[1]，他在1864年创作的歌剧作品《美丽的海伦》中，独树一帜，编了一出帕

---

[1] 雅克·奥芬巴赫（1819—1880），出生于德国的法国作曲家。代表作为歌剧《霍夫曼的故事》。

里斯、海伦与墨涅拉奥斯之间的三角恋爱故事。他通过主人公很好地展现出一种戏谑的、嘲讽的、充满怀疑的爱侣之间的纠葛。作品在全世界获得了很大的反响。作品中的康康舞曲[1]，以及侍女扭动着身躯时唱的叠句部分，都那么悦耳动听。这样的节奏，在特定的空间和时间下，和散发着诱惑气息的女主的步伐实在是再匹配不过了。那个年代的专栏编辑曾这样记述当年的场景：当晚，歌剧在法国综艺剧院首演散场后，巴黎观众们一面走出剧院大厅，一面就哼唱歌剧的一些片段。很多王公贵族也来到剧院，令这里蓬荜生辉，他们是来向这最美的姑娘的闪亮登场表示敬意。

那位喜剧作家是让·吉罗杜（Jean Giraudoux）[2]，他创作的两幕剧名为《特洛伊战争不会发生》。这部戏剧既幽默诙谐，又充满苦涩，曾由一位老练的戏剧演员创作出了作品雏形。几年后，剧本竟在现实中上演——爆发了由希特勒发动的残忍的世界大战。

特洛伊式的悲剧临近。讽刺、优雅、表面的愤世嫉俗，优美又残忍的海伦的微笑，以无言的形式向我们诉说着，面对人

---

[1] 康康舞曲，也称康康进行曲，19世纪末在法国流行的一种舞蹈音乐，为康康舞伴奏。舞曲为2/4拍，速度快而情绪热烈。
[2] 让·吉罗杜（1882—1944），法国剧作家，作品风格优雅。

类的兽性，任何祈祷和道理都显得那么苍白；而它们又像一支舞曲，向那个即将把世界带入坟墓的人，宣称生活的美。

那么，究竟谁才是海伦呢？这很难讲。我有一个对我而言值得记录的答案。

海伦就是，简单来说，所有那些令男人们在世纪的轮回中几经爱恨的女人。她可能只有一个，也可能有许多，但不会"不存在"。

11. 艾微拉

我要讲两个艾微拉，她俩岁数相差很大，却都在我的生命中有着举足轻重的地位。第一个是我的外祖母，艾微拉·卡比兹（Elvira Capizzi），来自弗拉加帕内（Fragapane）家族。她总会打开我的想象力，并时常帮我锻炼它。

外祖母常常和物品讲话，有时是只言片语，有时还会用到各种她自己发明的语言。每次，她会很郑重地跟我解释：一把椅子讲的话和一架钢琴或者一口锅讲的话，都是不一样的。

有一次，在乡下的家里，我们吃完午饭，她仍坐在桌边。其他人都已经走开了。我竟听见她正在和一只已有些年代的精致的玻璃盐碟对话。

"您多大啦，盐碟先生？两百岁？真的吗？你见过我的祖父和父亲吗？真的？那你现在做什么？你会看到我死的那天吗？我正欣赏你的美呢！"

然后，她举起盐碟，把它扔出阳台，扔进了院子里。

经常，她会对她的孩子们，包括我，在正常的一段话中夹杂一些独创的词，这些词听上去都很悦耳，只是我们理解起来就费劲了。

有时，她还会颠倒词句的意思。

她很喜欢自己在大柴炉边为全家人烤制硬麦面包，一次就做够一星期吃的。她常会一副自得样子，堂而皇之地说：

"明天早晨我要去私通！"

她很清楚那词的真正意思，可她就喜欢这么自娱自乐，把它用在烘烤的场景里。万一要是遇上惊愕的客人，解释的义务当然得落到儿女们头上了。他们要说清楚，他们的母亲第二天早晨具体要做什么。

有时，我心血来潮想玩理发店的游戏，我就会来到她面前，手上拿着爸爸的刮胡工具，只不过把剃刀换成了不怎么锋利的小刀。她会赶紧坐在一把椅子上，把毛巾围在脖子周围，对我说：

"好吧，除了给我刮胡子，也别忘了帮我把头发也理一理。"

有一回，我对她说想玩消防员的游戏。那时，我们恰好在乡下。我一瞬间也耐不住地就跑向院子，点燃一大把火，可我怎么也弄不灭它。火势开始蔓延，幸亏被她的儿子马斯莫和一个农民注意到了。我记得，那时外祖母玩得比我还要起劲。

有一天，她让我看一只趴在她腿上的猫：

"你不觉得它在笑吗？"

她说的没错，我表示赞同。

"你知道吗？如果没有猫，也可以让这种笑保留下来。"

"真的吗？"

就这样，她把我引到了爱丽丝的奇幻世界。《爱丽丝梦游仙境》这本书是她非常喜爱的，当然它并不同于我们的文化。于是，我们结成共谋，讲只有我们两个人能懂得的语言，我们给周围的亲戚朋友们悄悄编排了不同的称呼，有的叫"疯狂大礼帽"，有的叫"三月野兔"……

那时，我常和她一起在乡间散步。我们常常走一步停一步，因为外祖母会给我介绍（当然是有名有姓的）这是一只蟋蟀，那儿又有一只蜥蜴，一只昆虫。每遇到一只，她都会给我讲述它的生与死，还有奇遇。

她总是令我着迷，让我激动不已。

"现在我给你介绍一只蟋蟀，它叫阿尔图诺·可可（Arturo

Cocò），你替我记着，它是贾科米诺的兄弟，怎么样？"

她有着虔诚的宗教情怀，她总是宽恕别人的过错，可她却从不和我谈论上帝或是宗教一类的事情。她只对我说：

"要永远忠实于自己的内心。"

她是我的第一位诗歌启蒙老师。当然，那也是一段无忧无虑的童年时光，令我欲罢不能。

"你要按照心灵的指引去写。"

我没有一本书是为她写的。也许，是我知道，我的言语是不足以承载的。

我要说的另一个艾微拉，是艾微拉·赛莱里罗（Elvira Sellerio）。她去世后，有一次我说，我们的友谊不是那种诞生于编辑和作者之间的，我敢肯定，就算我是个家用电器的销售商，我们也一样会成为朋友。艾微拉出版的我的第一本书是《被遗忘的屠杀》，那是在 1984 年。第二本是 1992 年的《狩猎的季节》。中间间隔了八年，恰好是我搁笔的一段日子。

然而，也正是那些年，我们的友谊有了进一步的发展，并且牢固起来。那时，我每年会回两三次西西里岛的家乡。来去的时候，我都会经过巴勒莫[1]，和她待上半天的样子。

---

[1] 巴勒莫，意大利西西里岛首府，位于西西里岛西北部的港城，曾被歌德赞誉为"世界上最优美的海岬"。

但丁的女人

从我走进她房间的那一刻起，从她的微笑，我便能判断出她对我的欢迎是有几分。而我也只有同她待在一起，才会完全地敞开心扉。她似乎能敏锐地体察到我的不确定、担心，甚至是犹豫。每当我再次出发的时候，总是神清气爽，备感安慰。

于是，我开始亲昵地称她为"艾微露"，她也开始叫我"知心朋友"。

那些年，她从来没有问过我，什么时候会再出一本书。只有当我基于马雅可夫斯基（Majakovskij）[1]的三首诗而创作的舞台剧《假面与灵魂》与观众见面以后，她才看着我，对我说：

"我觉得，现在你可以开始写作了。"

她什么都懂。那部舞台剧实际上是我对剧院的悄然作别。

我常常把她看作是西西里女性的最佳典范——矜持、坚韧、有决心、有主见，随时准备捍卫自己的见解；同时，又甜美、慷慨、善解人意。

我在罗马生活了二十年，那里的房东让我置身于一种二选其一的境地：要么花上七亿里拉把房子买下来，要么只能走人。

我和妻子都退休了，别无选择。艾微拉知道这一情况以后，就给我打电话。

---

[1] 马雅可夫斯基（1893—1930），著名俄国诗人，代表作为长诗《列宁》。他的喜剧在戏剧艺术上有创新。

"我给你钱吧。"她很干脆地说。

我知道她没有钱,而且出版社也濒临倒闭。

"那你怎么办?你要是没有钱怎么办?!"

"我的确没有,但我可以很容易赚到的。"

我真得掀起一场战争,才能让她不再这么坚持。

在那之后不久,迎来了我的幸运时光,对艾微拉和出版社也是一样。因为蒙塔巴诺警长的形象逐渐浮出水面。

12. 弗朗西斯卡

我认识她的时候,她三十岁,正值黄金年龄,是一家工厂唯一的女老板。那是五十多年前,在意大利像她这样的女性还很少。

她是米兰人,父亲是意大利人,母亲是德国人。她在大学念的化学专业,一毕业就结了婚,丈夫很有钱,叫乔瓦尼,是好几家公司的老板。他让她去其中一家公司当老板,这家公司主要是从西西里柑橘中提取香料和蒸馏精华,然后再送到世界各地。

乔瓦尼这么做,并不是因为他察觉到了妻子的管理才能,而是因为在那个时候,他疯狂地爱上了她,于是想要送给她一家工厂。乔瓦尼就是这样的人,他会在两三年间疯狂地爱上一个女人,然后又为新欢而疯狂。

不过,对弗朗西斯卡,他却犯错娶了她,或许也不该这么说。总之,后来当她的丈夫离开她追逐新欢,先是在澳大利亚,后又在南美,她依然做着这家公司的老板。有时,她也会和人抱怨几句。她把我当知心朋友,所以也从不把我当成寻求安慰的对象。

三年间,她想出了许多新奇的化工方法,让公司赚了一大笔钱。她把这些新赚的钱再投入进去,来扩大工厂的生产和规模。

看着她在实验室里闲庭信步,个子高挑,身着白衬衫,发色金黄,头发盘成发髻,掩不住的美丽。她严谨、认真,赏罚分明,令人敬畏。男工们敬爱她,愿意为她效劳,女工们也尊重她。

然而在工厂之外,她却奇迹般地变了一个人,甚至连个性都迥然不同。她散着头发,发尾触到腰底,衣着优雅,却袒胸露肩。她有些分裂。的确如此,她是分裂的。我实在没有别的词来形容在她身上发生的一切。

曾经有一个三十来岁的弗朗西斯卡,她经验丰富,对自己的美丽和魅力了然于心,她和她的伴侣以及其他人都相处愉快,似乎所有的人都在期待着她的绽放。

但同时，又存在另一个弗朗西斯卡，她在一瞬间堕落，智商还不及一个不足五岁的小孩。

这类例子数不胜数，常常还很令人尴尬。一次高端宴会中，在座的都是使节和高官，恰好周遭安静之时，她旁若无人，突然大声地说：

"我要尿尿。"

在一家奢华的餐厅，服务员来问我们要什么甜点的时候，她说："一个棒棒糖。"

震惊之余，服务员回答她说，棒棒糖菜单里面没有。

"我就要！"

"别耍小孩子脾气，"我说，"我们出去的时候，我给你买。"

"不，我现在就要！"

她开始抽泣。为了让她别再哭，他们派了一个人去买棒棒糖。所有的客人都冲我们看，朝我们笑。我真想找个地洞钻进去。直到一个气喘吁吁的服务员把棒棒糖拿给他的时候，她才停止哭泣，鼻子往上一仰。舔了第一口，她便说："我不喜欢。"然后把棒棒糖扔在桌子上。

她或是在一场葬礼上不容置疑地索要冰淇淋球，或是在一场庄严的弥撒上要柠檬水，又或是在马路上搞恶作剧。她甚至从一个小姑娘手上抢走布娃娃，然后厚颜无耻地使性子，坚持说布娃娃是她的，是那个孩子把她的东西抢走了。她还要小聪明，从货摊上顺走一个苹果或是香蕉吃掉，这些都是她司空见惯的把戏。

有一回，她碰上一个交警，闪电般地摘下他的帽子，然后逃走。交警开始追她，无奈弗朗西斯卡跑得太快，只得作罢。后来，我去她家找她，我问她为什么要这么做，可她几乎已经忘记了这件事。

"啊，对！我把它给马乌里罗（Maurilio）了，它戴着正好。"
马乌里罗是她养的一只会讲话的鹦鹉。

卡罗是我的一个朋友，也做了几个月她的安慰者。他跟我透露说，弗朗西斯卡内心深处性欲很强。上床前，她总会在浴室里待上一个多小时。她先洗淋浴，然后嗅遍全身，然后再冲上一遍。她会这样重复上三四回。最后，她会喷上一种法式香水出来，但这种香水的味道让卡罗感到有些恶心。

"你为什么喷这么多香水？"
"因为……"

后来，有一天晚上，她决定坦白反复洗澡和喷香水的原因。
"你知道吗，每次我从工厂出来，身上都有一股香橙花和柠檬的味道，这种味道深入到了我的皮肤里。为了赶走这种味道，我必须这么做。为了不让我身上留有丝毫这种气息,我只好用那种香水。"

"对,可你需要这么做吗?就算你的皮肤里有着香橙花和柠檬的味道,我也不会……"

"不,亲爱的!要是我带着这种味道和你做爱,我会觉得背叛了我的丈夫。"

13. 贞 德

我读过很多写乔瓦娜·达克（Giovanna d'Arco，又译作圣女贞德[1]）的剧作或是诗歌。不过，对我来说，在那些作品中，圣女贞德从来都只有同样一张面孔。尽管剧作家和诗人们撰写的她的事迹各有千秋，那张脸对我来说永远是唯一的。

看电影的时候也是一样。某个瞬间，伯格曼（Bergman）[2]的脸会突然消失，被另一张面孔替代。

---

[1] 圣女贞德（1412—1431），英法百年战争中的法国传奇女英雄，死后成为西方文化的一个重要角色。
[2] 英格玛·伯格曼（1918—2007），著名瑞典导演，代表作为《第七封印》《野草莓》等。

这张面孔是女演员芮妮·法奥康涅蒂（Renée Falconetti）[1]，她是默片电影《圣女贞德受难记》（*La passione di Giovanna d'Arco*）中的女主角。这部影片于1928年由丹麦导演卡尔·西奥多·德莱叶（Carl Theodor Dreyer）[2]执导。

假如说那部电影不仅是电影史上的基石之作，更堪称20世纪艺术的里程碑，那么，我觉得，法奥康涅蒂精湛的演技便功不可没。

整部电影都围绕着对贞德的审讯而展开。审判由科盛（Cauchon）主教主持，贞德被控告是异教分子，并被判处火刑。

剧中的法奥康涅蒂，被剃掉了头发，素面朝天，总以近景或特写镜头拍摄。贞德不再是那个意气风发的军队指挥官，而是一位年轻的女性。她的脸上有顺从，也有骄傲的神色；有害怕，也有对自己信仰的坚定；有疑惑不解，也有痴迷入神；有疲倦懈怠，也有痛苦凝重；有怯怯的担心，也有义愤填膺。这种精准的表演拿捏，让电影的表现力入木三分。

德莱叶还用到了电影中并不常用的一种手法，即他是按照最终的剪辑顺序来进行电影拍摄的，这样做是为了让法奥康涅

---

[1] 芮妮·法奥康涅蒂（1892—1946），法国舞台、电影演员。
[2] 卡尔·西奥多·德莱叶（1889—1968），丹麦电影导演，丹麦艺术电影创始人之一，其执导的《圣女贞德受难记》被誉为"电影史上探索人类灵魂的密度最大的一部影片"。

蒂能够跟随人物特定的心理发展，来塑造人物。这就好比一个舞台剧演员常用的表现形式。特别要说的是，法奥康涅蒂也是舞台剧演员中不可多得的奇才。

关于法奥康涅蒂，文学评论家罗伯特·坎普（Robert Kemp）曾这样写道，她是她那一代女演员中最出色的。她是个天才的演员，只不过先天缺乏定力才逐渐没落，她曾经几乎是故意地躲避荣耀。

我并无意深入探究历史学家和艺术家们为谜一般的圣女贞德所编织的错综复杂的剧情。她的角色很丰富，先是承蒙上帝之名的军队指挥官，后是经受火刑的异教徒，再后来则被奉为圣女。

然而经考证，她不过是个生活在丛林里的牧羊女。据她所说，有一天，她开始听见神灵的召唤，他们赋予她一项伟大的政治和战争使命。她到底是个狂热分子，还是一位圣女呢？

不过这我倒不感兴趣，我更想弄清楚的是，她是如何在这么短的时间内，从无知的农家女这样一个在那个年代可以说是完全无足轻重的人，转变成一个象征神明的人物，被不同的人争相追随，权贵们找机会利用她，让整个军队追随其后。假如贞德显示圣迹，一定是这样：她变成一个民族的活旗帜。我觉得，她是历史上唯一一个能够办到此事的女性。

然而，战争却并没有为她赢得这样一面光辉的旗帜，战争的赢家是那些懂得战略战术的将领们。权贵们对此都了如指掌，所以，他们把吉尔斯·德·莱斯（Gilles de Rais）安排在她左右。吉尔斯·德·莱斯是一位非常富有的贵族，也是一位军事天才，他年仅二十三岁时就担任了军队的高级指挥官，历时两年，便被任命为法国元帅，在帕提战役[1]中，重创英军。

于是，吉尔斯成了贞德的军师，他同她一起分担战争中每日的艰辛。

有历史学家称，他们也在一起共度少有的宁静时光。有时，吉尔斯甚至留宿在贞德帐中，因为天寒地冻，两个年轻人相拥取暖，不过真的是单纯地拥抱而已。

吉尔斯虔诚地呼吸着神圣的气息，圣女允许他靠得更近一些，用手触摸天主意志在人间的化身。

他对圣女贞德的忠贞是绝对的，没有疑问，没有犹豫。

在贞德不幸遇难后，吉尔斯放弃了军队的职务，因为遗产和婚姻，他变得更加富有。他在一座座城堡中，过着奢靡的生活。他雇来整个剧团，为他一个人的欢愉整月进行演出。

再后来，他终于在一处固定的住所住下来，这就是马什古

---

[1] 帕提战役，英法百年战争末期的1429年，法国骑兵大破英军的战役。

尔（Machecoul）古堡。

在这里，萦绕在他身边的，不再是演员们，而是一群炼金术士和神秘学者。其中，还有一位已经辞去圣职的修士弗朗西斯科·普雷拉缇（Francesco Prelati），他自称能去会妖魔。

这正是吉尔斯梦寐以求的：与恶魔面对面。

与此同时，有关吉尔斯可怕暴行的传闻开始四处流散。传言说他买孩子，又或者是抢孩子。这些孩子都是周围农民们的子女。他强奸她们，把他们肢解，再用这些肢体的碎片祭奠魔鬼。

一段时间后，吉尔斯被逮捕，刑讯逼供下，他对自己的罪行供认不讳，于是他和他的同伙都被判处死刑。他先是被绞死，其尸体后又被焚烧。

他被控杀死了约两百名儿童和少年。

他的故事也是后来蓝胡子[1]的创作蓝本。

大多数人认为，吉尔斯想要遇上恶魔，好从对方那里获得秘方，收回被他挥霍掉的巨大财富。我却认为，吉尔斯是想在认识了这世间绝对的善之后，再认识一下这世间绝对的恶。

但为了完整地了解恶，就需要把恶进行到底。吉尔斯就这么做了。

---

[1] 蓝胡子，法国民间传说中连续杀害自己六任妻子的人，他家道富有，长着难看的蓝色胡须。

我认为，在恐惧的巅峰，他一定是意识到，不再需要召唤幽灵，他只要自己照照镜子就可以了。他终于达到了圣女贞德的高度，只不过是相反的方向。

这样，他就可以臆想睡在她身边，就像战争的那段日子一样。就这样，善与恶融为一体，融合在一个紧紧的拥抱中。

14. 赫尔嘉

　　1947年的夏天，对于去海边度假的人来说，算不上一个好季节。太阳炙烤，时常连续三四天都这样，接着浓云密布，黑压压一片，继而倾盆大雨顺势而下。糟糕的天气一连又是三四天，然后便又是烈日。

　　一天清晨，尽管头一天天空黑压压的，我还是去了海边。游泳的地方一个人也没有，显得有些死寂。我穿上泳衣，在海边躺下。四下里略微有些躁动。我开始阅读随身带来的小说。过了一会儿，我抬起眼，发现有人在海里正朝沙滩游过来。之前他应该是离岸边比较远，所以我来的时候才没有注意到他。

然后，海水中有人站了起来，我这才发现，原来是个姑娘。

她走到我旁边，也准备躺下来休息。

她二十来岁，棕色的头发，苗条，身材很好。"水怎么样？"我问她。

"非常凉。"她回答我说，连看也没看我一眼。

她说"magnificamente（非常）"。她应该是个德国人。实际上，她除了是个外国人，甚至敢习以为常地，在没有朋友没有同伴陪同的情况下，独自来到海边，走到我身边。

约莫半小时后，浴场的员工拿来一把躺椅，在我旁边放下。我身边出现的这位姑娘，穿着洁白的日光浴衣。为了方便接受阳光的沐浴，浴衣的厚纱层上还钻了许多小孔。她的头发梳得很整齐。

她在我面前站着。我起身。她伸出手，半鞠躬地向我示意，这动作很奇怪。

"我叫赫尔嘉。打扰你了吗？"

我告诉了她我的名字，回答说并不打扰。我们都坐下来的时候，我问她是不是德国人。

"不，我是瑞士人。"

"来旅游？"

她笑了。笑容让表情不再呆板，更多了几分动容。她给我讲了她的故事。她刚满二十四岁，已经结婚五年，丈夫跟她一样，是个德裔瑞士人，三十岁，有一家连锁餐厅。丈夫在赞助阿格里真托一家有年头的餐厅进行翻建,他在圣殿大饭店（Grand Hotel des Temples）的一层有一个固定的房间，里面是他们的婚床。两年来，她常常一个人去那儿度过一个月的假期。

"两年？我之前怎么没见过你？"

"因为我经常去圣莱奥内（San Leone）沙滩。今天早晨心血来潮，才来了这儿。我更喜欢这里。"

起了点儿风，不过倒不令人心烦。我把书搁在地上，风吹着书页来回翻动。她突然弯下腰，拾起书，轻吹着书页间隙，吹走中间夹杂的沙粒。然后，她又替我放好。

"我最讨厌混乱和不干净。"她大声说。

她的目光开始一寸寸地探视我的身体。她一定是想检查一下我是不是干净。她一定是要去参加语言考试，因为她对我说："我们以'你'相称吧。"

她开始想要了解我，但又几乎很快打断了我，她更喜欢聊她自己。我们聊得很愉快，直到后来，她看了看手表，对我说，再过几分钟就会有饭店的车来接她。

"我们明天早晨见？"她问我。

"当然可以。"我热情地回答说，"每天早晨都可以，只要我在这儿。"

"不过我是在假期快结束的时候才会来这儿!我明天还会来这里,但后天早晨我就得走了。"

她眉头紧蹙,正努力思考着什么。然后她下了个决心。

"对了,你今天下午有空去阿格里真托吗?我还想和你聊聊天,但我不想别人看见我和一个男孩子在一起,懂吗?去年,我发现了一处咖啡厅,地方不大,人也很少,但很干净,里面有个小房间……我可以和你在那儿待上两个小时,从五点到七点,你可以吗?"

我当然非常乐意。她告诉我如何去咖啡厅,然后起身,朝着浴场的换衣室跑去。不过,她停下来,又朝回跑,我还站在那里,挥着一只手。她把我的手拂向额头。

"有点儿沙子。"她对我说。

我到得很准时,但她已经在那儿了,一脸不耐烦的样子。她让我注意,我已经迟到两分钟了。我给她看手表,说这才刚刚五点。她又给我看她的手表,已经是五点零三分了。

"谁告诉你我的手表不准的?"

"不可能。我的是瑞士的,还是大品牌。"她生硬地说,"今天早晨我没告诉过你……"

她又开始讲她自己,时不时会自我打断,一会儿取开我夹克上的一撮头发，一会儿拿掉我脖子上或是衬衫口子处唯有她能辨识出来的东西。突然，她用手在我膝盖上弹了弹，然后把一只手放在上面。我也换了个姿势。身体的接触，让对话的内容也更进了一步。她没有孩子，因为她还不想要。另外，跟他那样的丈夫待在一起……他对她总是很小气，每三个月有那么一次。而她又脾气很大，说越是这样，就越受煎熬。我低声同她说着，抚摸着她的膝部，我很想减轻她的痛苦。从那时起，情况急转而下。我们没法再往下推进。于是，她提了一个具体的建议。

"你能来宾馆找我吗，不过得在十二点一刻，要准时。"

我知道那家宾馆，在一个公园的中央，四周是高墙，有两扇栅栏门，一扇是正门，另一扇小些，是服务人员进出的门。两扇门都会在半夜十二点的时候关上。那我要怎么才能进去呢？她跟我解释说，离小门几步远的地方，有一处墙壁塌陷，露出一个洞。为了堵住这个通道，他们安上了铁丝网。但只要当心点，照样能过去。大楼背面一楼靠左的最后一扇窗里就是她的卧室。只要我轻轻敲一敲窗，她就会给我开。

她看了看手表，说还差一分钟七点。我们接了吻，她从我头发上取下什么东西，然后起身，走了。我告诉我的父母，那晚我要去一个朋友家学习。我骑上自行车出了门，在乡间一路乱窜，十一点的时候，我往阿格里真托的方向骑去。整个路都是上坡，但那种期待却让我像个冠军一样飞快地向前冲。还差十分钟十二点的时候，突然下起了大雨，一个措手不及，我连人带车栽了个跟头，正好摔在……摔在一坨粪上！我爬起来，继续往前骑，一直到了宾馆的后面。借着手电筒的光，我看见了那个通道。我扔下自行车，弯下腰，迈了一步想跨过铁丝网，可我却被卡住了。我试图慢慢地把自己解救出来，但没成功。然后，我就眼看着时间被浪费掉。我利用身体的重量一点点挪动，铁丝网的尖端划破了我的衬衫、裤子，划伤了我的皮肤，但这一次，我成功了。我一路跑了过去，雨一直在下。赫尔嘉给我开了窗，看见我，一脸惊讶。她穿着一件半透明的睡衣。

"别进来，你会把哪儿都弄脏的。对了，你还迟到了五分钟。"

"你开玩笑吧？让我进去！"

她让我等在外面。我在雨中站着，而她却用毛巾和浴衣铺成地毯，从窗户一直延伸到浴室门口。最后，她才允许我进去，但得光着脚。我试着去抱她。她推开我，很坚决。

"别碰我！你脏，还臭！快去洗澡！"

我从头到脚洗了个遍。但当我打开门，她却命令我别动。她走过来上下打量我，看见我胳膊上的一处伤口在流血。

"别动！你会把床单弄脏的！"

她有一种急救包。她给我消毒，包扎。然后，她开始闻我裸露的身体，流露出明显的贪婪，她一寸一寸地闻，一副令人作呕的怪相。她像护士在观察化脓的伤口，又像焦虑的主妇，正忍受腰痛的折磨。

"你还是有点儿臭，介意再洗洗吗？"

从浴室出来前，她又四下看看：

"瞧瞧你弄的这猪圈样！"

我往她身边走去的时候，她已经裸着躺在床上了，手臂张开像在等待受难。她让我跳过前戏，她等不及了。我开始做了。一刻钟以后，我发现，一个木乃伊的反应恐怕都比她好。有时她喊咿呀，后又喊咿呀咿呀，总是只有喘息，肌肉却一动不动。最后，她问我觉得她怎么样。

"像飓风一样。"我说。

她满意地笑了。她让我从浴室的窗户出去，以免弄脏她的卧室。第二天，我患了重感冒。于是，我没能去沙滩跟她告别，对她说，那晚疯狂的激情让我终生难忘。

15. 伊拉丽雅

我第一次知道伊拉丽雅,是在 1942 年的夏天。我翻看一本文学杂志,上面有一首萨瓦多尔·夸西莫多(Salvatore Quasimodo)[1]的诗歌,题目是"在伊拉丽雅·卡莱多(Ilaria del Carretto)神像面前"。

这首诗的艺术水平真算不上高:

温柔的月光下山丘连绵,

---

[1] 萨瓦多尔·夸西莫多(1901—1968),意大利诗人,主要作品有诗集《水与土》《消逝的笛音》和《日复一日》等。获 1959 年诺贝尔文学奖。

Donne

塞尔基奥河[1]畔的姑娘们,有的穿着红裙子

有的穿着蓝裙子,轻盈地舞动着

这首诗接下来讲的是一种神秘的救赎仪式,来自各个地方的恋人出现在它面前……

我不是很明白,我很好奇。这是因为我没法弄清楚萨瓦多尔·夸西莫多所说的神像什么意思。

那时候,我在西西里,日子艰难,四下里都是战火。所以,我没工夫去满足自己的好奇心。

几年后,一个偶然的机会,我又遇上伊拉丽雅·卡莱多这个名字。这一次,也是读一首诗,1903年的作品,也算不上上乘。作者是加布里埃尔·邓南遮(Gabriele D'Annunzio)[2],诗句描述的是卢卡(Lucca)[3]城。

……躲在隐秘的地方,躺在美丽的棺椁上

或许你可以在镜中

---

[1] 塞尔基奥河,意大利河流,位于该国中部托斯卡纳大区,注入提雷尼亚海,全长一百二十六公里。
[2] 加布里埃尔·邓南遮(1863—1938),意大利诗人、剧作家,代表作为《玫瑰三部曲》等。
[3] 卢卡,意大利中部托斯卡纳大区城市,位于赛尔基奥河谷平原。城建于公元前180年,有罗马式等多种风格的古教堂,收藏的艺术珍品吸引大量游客。

但丁的女人

找寻到她的踪迹

但如今，伊拉丽雅·卡莱多

已不再统治你脚下的土地

或是塞尔基奥河……

后来，我偶然认识一个卢卡城的姑娘，在一番求教后，终于知道了关于伊拉丽雅的完整的故事。

1400年，米兰公爵詹·加雷佐·维斯孔提（Gian Galeazzo Visconti）恳请他的朋友卢卡城僭主保罗·谷尼吉（Paolo Guinigi），与他的同盟卡费娜莱·利谷雷（Finale Ligure）城僭主卡罗·卡莱多（Carlo del Carretto）的女儿成婚。保罗·谷尼吉（Paolo Guinigi）十一岁的妻子玛利亚·卡特琳娜·安特（Maria Caterina Antelminelli）早逝，他成了鳏夫。卡莱多的女儿名为伊拉丽雅，是个美丽的女子，那年二十四岁。

也许是保罗没法和他幼年的妻子享有实质的婚姻，他觉得有必要有个继承人，于是接受了米兰公爵的盛情。

所以，这是一场撮合而成的婚姻，也是一场基于利益关系的婚姻。可当保罗看见她未来新娘的一刹那，他疯狂地爱上了她。

我们不知道他是否还会改变。

不管怎么说，在她短暂的一生中，美丽的伊拉丽雅是个完美的妻子。

1404年，在从丈夫的属地远游归来的途中，伊拉丽雅诞下了他们的第一个孩子拉迪斯劳（Ladislao）。

第二年十二月八日，在第二胎分娩的时候，她不幸离世。她的第二个孩子是个女儿，名叫米诺尔（Minor）。伊拉丽雅好像死于剧痛，她的葬礼真挚朴实。

作为丈夫的保罗·谷尼吉，请贾科莫·奎尔奇亚（Jacopo della Quercia）为她定做了一具石棺。贾科莫·奎尔奇亚那时虽然年轻，却早已名声在外，他做的这具石棺可谓货真价实、巧夺天工。

应群众的呼声，石棺被摆放在大教堂里，好让众人都能欣赏到。

不过，在石棺里面，伊拉丽雅的遗体却并没有放太久。

1430年，保罗·谷尼吉被罢免并关了起来。他的敌人霸占了他的财产，还抢夺了他家族的墓地，为了把凌辱进行得更彻底，他们甚至肢解了伊拉丽雅的尸体。他们还毁坏了石棺的两侧，后经过修复还原如初。

不知从哪天开始，坊间流传一个传说：每一个摸过伊拉丽雅脸庞的女性都会平安生产。于是，成群结队的恋人、未婚男女、新婚夫妻，都来这里朝拜，以祈求她的庇佑。

但丁的女人

男人们忍不住吻她。当那个卢卡的姑娘带着我去看她的时候，我有一种强烈的兴奋感，因为贾科莫·奎尔奇亚把她女性的美诠释得十分到位。一些学者近来提出的问题，对我来说根本无关紧要。他们说，伊拉丽雅的脸庞更像一个小姑娘，而不像一个二十五岁的女人。

他们说，难道没有可能，贾科莫的灵感来源于之前的一个雕像，即保罗十一岁的前妻玛利亚·卡特琳娜·安特?

另外，石棺上刻着的女性身高一米四的样子，而根据史料记载，伊拉丽雅个子很高。

我仅作一个分析：伊拉丽雅的丈夫肯定是看了石棺的。这里有两种情况：要么这张脸是伊拉丽雅的，要么不是。这两种情况，不论是哪一个，他都没有反对。那我们为什么要争论呢？

正如我刚才所说，石棺是空的。让我们一起向这位美丽的女性致敬。

啊，最后一件事。1957 年，帕索里尼（Pier Paolo Pasolini）[1]也为伊拉丽雅作了一首诗，比邓南遮和夸西莫多的都高出一筹，但却算不上他的佳作。

可以肯定地说，和诗人相比，伊拉丽雅是没那么幸运了。

---

[1] 皮埃尔·保罗·帕索里尼（1922—1975），意大利著名电影导演，代表作为《马太福音》《索多玛一百二十天》等。

16. 伊内思

十三个小时以后,飞机就会从里约热内卢到达罗马,现在它已经滑行在起飞的跑道上了。这架飞机满员,不过我右边的两个位子却空着。我左手边坐着我的一位朋友,她有些发热,吃了抗生素后整个人昏昏沉沉的。一坐下,她就陷入了昏睡中。

夜间航班中途是不停的,我很庆幸右边没人。我坐飞机的时候,不会觉着自己很愉快,我总是焦躁,一会儿起身,一会儿又坐下,那时候是允许在飞机上抽烟的,我就像一台冒着烟的火车头。

不过我的庆幸并没有持续多久。空姐领来一位气喘吁吁的女人。她应该是在最后一刻才登机。她坐在靠过道的位子上，把两只大包放在我和她之间的座位上，然后系上安全带。空姐走开了。那女人垂下头，闭上眼睛。我们起飞了。

禁止吸烟的标志一灭，我就点上了第一支烟。那女人的两只包，我虽然是个外行，但看得出来，要值不少钱。她起身去卫生间，拿起一只包背在身后。

当她弯下腰拿包的时候，我注意到，她穿着一件大品牌的定制衣，非常优雅。她很漂亮，应该是三十岁左右，藏在太阳镜后的眼睛有泪水滑出。

过了一会儿，我起身，站在过道上等她，摆出一副漫不经心的样子。我想在她回来的时候看见她。我的确看到她了。她身材高挑，体态灵活、轻盈。她应该是一个上流社会的女人。我准备回到我的位子上。她已经坐下了，经过一番梳洗，面目一新，散发着清香。她摘下了太阳镜，又低下头，闭上眼睛。我开始观察她的轮廓。我得尽最大的努力来控制我的紧张。为了缓解这种情绪，我一直在抽烟。

三个小时的飞行后，我已经抽完了一包烟。我把烟灰缸里的烟蒂放进空的香烟盒里，好给新的烟蒂腾出空间，又把烟盒扔进了垃圾桶。

"抽完一包了。"她突然对我说，没有看我，眼睛依然闭着。

但丁的女人

"让您觉得不舒服吗？"

"不，正好相反。我瞧见您很紧张。"

她不再睡了。她的意大利语讲得很好，但不是意大利人，发音有些不一样。

"您是意大利人？"

"不，我是阿根廷人。我丈夫出生在意大利。"

她把头扭向一边，背对着我。

这姿态是不想继续聊天的意思。

过了一会儿，她又和我说话，但还是没有看我：

"您喜欢赌博吗？"

这个问题我惊了一下。她是要跟我来上一局吗？她是想骗钱？

"我没兴趣。"

"我有。"

最后，她终于决定睁开眼睛，看着我。

她的鸢尾样式的头饰是一种祖母绿宝石，十分罕见。

她真是什么都不缺。

她冲我笑，伸出一只手。

"我叫伊内思。"

她还说了自己的姓。我也做了自我介绍。

Donne

我从布宜诺斯艾利斯来,在一些大的奢侈品牌女装店的招牌上,我经常看见那个名字和姓。我告诉了她。她笑了。

"都是我的。"她并不避讳。

为了证实给我看,她从一只包里拿出护照。

"您为什么问我喜不喜欢赌博?"

她开始变得严肃。

"因为,我决定在您身上赌一把。在一个未来再也不会见到的陌生人身上,赌赌我的未来,您恰到好处。"

我看着她,一脸惊愕。

"麻烦您解释清楚。"

"很简单。我正处在人生的拐点。我跟您讲讲我的故事,最后我会给您抛出一个问题。我会接受您的答案,按照您告诉我的去做。"

我不是个赌徒,但我的好奇心很重,特别是对女人,我很愿意做这件事。我怎么能丢掉这样的机会呢?

"我听您说。"

她起身,拿起两只包,把它们放在之前她坐的位子上,然后在我身边的座位坐下来。这样,她就可以悄悄地跟我讲,而不用抬高嗓门。

"我出生在一个富有的家庭。二十二岁,我开始引进意大利时尚，我开了自己的店，并创建了自己的品牌，取得了很大的成功。二十六岁，我结婚了，刚才也跟您说过，我跟一个意大利人结了婚。我让他做了我公司的总经理。但那段感情是一时的迷恋，我不爱他。我是在两年后才意识到的。麻烦您，给我一支烟。"

她抽了两口，灭掉，继续讲起来。

"靠着惯性，我继续和他生活，也因为他的工作做得很棒。我们分开的话，会带来无尽的麻烦。我和他没有孩子。二十九岁的时候，也就是两年前，我认识了恩里克（Enrique），他是个外交官。我们一见钟情，很快成为恋人。恩里克在伦敦两个月了，他会在那儿待上至少三年。他想让我离开我的丈夫，去和他一起生活。为了让他安心，也因为我迫不及待想要见到他，我向他承诺，这个周末去找他，这就是为什么我现在会在这架飞机上。"

"你为什么从里约上来？"

"我告诉我的丈夫，我要去里约推进我们在那里的事业，我们在那里有两家店，我还可以在那儿和我巴西的闺蜜待上几天。我今天给他打了电话，我说我会在周一再打给他。他万一要是打电话来，但他应该不会，我的朋友知道怎么说。我在里约的时候，恩里克每晚都会打电话给我，每次他都哭着求我和他留在伦敦。我把一切都告诉您了。现在，我要提出的问题是这样的：我该怎么办？去和他过个周末，再回到布宜诺斯艾利斯，过之前的生活，还是留在伦敦，把我的婚姻抛在脑后？"

她焦虑地望着我。我冲她一笑。

"您这么信任我，但您错了。"

"为什么？"

"因为我的确不是什么赌徒，但我靠敲诈为生。"

她一下子警觉起来，但又不确定我是不是在开玩笑。

"您说真的？"

"我不靠敲诈为生，但这次我得敲诈您一笔。我是有道理的。我知道您的一切，您叫什么，做什么，我甚至记得您的护照地址。"

她摇摇头。

"我不觉得您需要钱。我也不认为您会要我其他什么……"

"您分析得有理。我的答案是这样的：您和恩里克留在伦敦。如果您没有那样做，就会出现我的敲诈，我会写信给您的丈夫，告诉他有关您的一切。您看，我可没给您留任何选择的余地。"

接着，她做了一个我意料之外的举动：她拿起我的手，吻了一下。

"那您怎么知道，我有没有按照您的建议去做？"过了一会儿，她问我。

但丁的女人

"一个月以后,您从伦敦给我寄一张明信片,附上您和恩里克的签名。您得注意,邮戳的日期不能是一个周末。您记一下我的地址。"

她照我说的做了。然后,她回到自己的座位上,再没和我说话。

我们到罗马的时候,她先起身,弯下腰,在我的唇上一吻。我的朋友刚从昏睡中醒来,露出了惊愕的眼神。

一个月以后,我收到了从伦敦寄来的明信片。邮戳的日期是一个星期三。明信片上写着:"我们很幸福。谢谢!"签名是伊内思和恩里克。

17. 莺戈里

哥本哈根大学邀请我去指导一个有关皮兰德娄（Pirandello）[1]戏剧的演出，我答应了。我还从来没有去过一个北欧的国家。

在机场，接待我的是一位系主任。我知道他的名字，因为他是一位著名的结构主义语言学家。我们很快打成一片。他先陪我去宾馆，再到学校。校园的环境令人心旷神怡，低矮的建筑散布在绿草当中。宽阔、悠长的走廊，洁白的墙壁，只是没见一个学生。

---

[1] 路伊吉·皮兰德娄（1867—1936），意大利小说家、戏剧家，代表作为《已故的帕斯加尔》《六个寻找剧作者的角色》等。1934 年获诺贝尔文学奖。

"今天没课吗？"

他惊愕地看了我一眼。

"有。怎么了？"

"学生在哪儿？"

"你希望他们在哪儿呢？都在教室里。"

由于熟悉了罗马的大学的风气，我深信我是到达了头号月球基地。我很快就得到了确认。

"这儿的学生们不在墙上涂鸦吗？"

"涂！有专门的墙，上面盖着胶合板。每周一我们会更换。"

在秘书处，他们通知我说，舞台对瑞典和挪威学习意大利语言和文化的学生也是开放的。所以，除了九个丹麦学生，我还有四个瑞典学生和三个挪威学生。

他们给我安排的教室很明亮、宽敞，也很别致。第二天早晨，系主任做了简短的介绍后便离开了，我开始上课。在这之前，我去了校内的酒吧，喝了一杯威士忌。那是我那时的习惯。在酒吧里，我看见了两个漂亮的姑娘，个子高挑，头发金黄。我后来在班上也看见了她们，坐在第一排。我讲了两个小时，剩下两个小时我用来回答他们的提问。

在课程的最后，有一个丹麦女学生，胖乎乎的，戴着眼镜，非常可爱，她毛遂自荐，问我需不需要一个向导，了解一下哥本哈根。我接受了。晚上,她把我带到一个有些奇怪的学生聚会场所。这是四节废弃的电车厢,经过了翻修,车厢与车厢之间是连通的,处在小广场的中央。在那儿还有那两位金发姑娘,她们也和我们坐在一起。她们是瑞典人,其中一个叫莺戈里,另一个叫巴布罗(Barbro)。那晚,我过得很开心。

第二天,在校园里,我正往酒吧走去,莺戈里拦住了我。

"别去了!"她对我说。

她说让我跟她去教室。在讲台上,已经放着一瓶威士忌、装着冰块的小桶和一个玻璃杯。

威士忌太贵了。看着我的不知所措,全班都笑了。

"这是我们大家的礼物。"莺戈里说。舞台指导的课程会持续四天,从周二到周五。星期六早晨我会返回罗马。星期五,在课程开始的时候,系主任告诉我说,下午晚些时候学校会组织一个送别晚宴,让我和学生们一起吃,他和校长也会在。他们对课程都很满意,想表示表示。

饭桌上,我坐在校长和系主任中间。我对面坐的是莺戈里,她比平时更漂亮。晚宴进行到一半的时候,她看着我,平静地对我说,丝毫不担心被旁人听去:

"今晚,如果你愿意,我想和你在一起。"

这里没有任何误会的可能。假如我站着,我一定会跟跄起来。我脸一红。校长不懂意大利语,但系主任肯定听见并听懂了,只是他继续吃着,这事跟他没什么关系。

"我们一会儿说。"我窘迫地对莺戈里说。

宴会的寒暄结束后,她跟着我到了校外。我像圣安东尼一样,感到了深深的诱惑[1]。

"明天上午几点的飞机?"她问我。

"十一点。"

"我有个提议。八点我们坐渡船去马尔默(Malmö)[2],我家在那儿。你什么时候回来都可以,我陪你。还有两班夜间渡船。"

"到马尔默需要多久?"

"一个半小时我们就到了。"

"走吧!"我说。

她比我要勇敢。渡船上满是醉醺醺的瑞典人,莺戈里跟我解释说,下午三点瑞典的酒馆就关门了,这些酒鬼们只能去丹麦。

我们到了,下船,直奔一个开阔的停车场,莺戈里之前把车停在了那里。一进车,她便掌握了主动权。我配合。

---

[1] 圣安东尼的诱惑,基督教文化的一个典故,有相关油画和小说,表现虔诚的基督教徒圣安东尼将财产尽数散给穷人,隐居苦修,其间经历了魔鬼的种种诱惑,从未动摇过他的坚定信念。

[2] 马尔默,瑞典第三大城市,位于瑞典南部波罗的海海口,厄勒海峡东岸。海峡对面便是丹麦首都哥本哈根,两城之间有轮渡相通。

过了一会儿，她发动了车子，我们朝她家开去。

车子来到一片优雅的住宅区，这里每家都有一个大花园。穿过一扇铁门，沿着一条林荫小道，车子一直开到一座一层高的小别墅面前。绕过别墅，莺戈里把车开进车库停下，旁边有另一辆车。

在经过别墅的时候，我注意到别墅里有灯亮着。我也没在意，她应该是和某个同学住在一起。她用钥匙打开门，客厅传来一个女人的声音。

"进来。"

我跟着她。我们来到一个华丽的客厅。一个男人和一个女人，都比我年轻，他们正在看电视。见我们进来，他们站起身。

"这是我妈妈和爸爸。"莺戈里向我介绍说。

她还说了些什么，我自认为是跟他们解释，我是来自意大利的教授。

"我们去我的房间吧。"莺戈里拽着我的手说。

我被吓坏了，感到很羞愧。我该怎么办？晕倒吗？假装疯掉？还是和他们在客厅坐下来，聊一聊时局？但是，莺戈里已经把我拽到了她的房间，就在客厅的旁边！她抱住我，开始吻我，但她突然停下来：

"你怎么了？你全身是汗。"

Donne

我立刻像抓住了救命稻草。

"我确实觉得不舒服,我头晕,可能是吃错了东西,或者是低血压……"

接下来的五分钟,我身边包围了她父母的关怀。

热饮,体温计。大约半小时以后,我说我觉得好多了。她爸爸陪我去了哥本哈根,一直把我送到宾馆门口。

那个星期,意大利的男子气概指数在瑞典应该是跌倒了谷底,就像危机时期的股市。

为了向莺戈里的自由、随性和纯洁的心灵致敬,我为我的蒙塔巴诺警官安排了一个外国女朋友,瑞典人,名字就叫莺戈里。

18. 约兰达

我们意大利人最熟悉的约兰达有两个：一个是艾米利奥·萨加里（Emilio Salgari）[1]创作的虚拟人物"卡塞洛·尼禄（Corsaro Nero）的女儿"，另一个人物则是由卢琪安娜·利提泽托（Luciana Littizzetto）[2]创造的，她用这个名字影射女性身体的一个部位。

不过，我要说的约兰达，则是一位平凡的女性，然而……

有一段时间，我的日子过得捉襟见肘。乔瓦尼经营了一本有关戏剧的杂志，他也是唯一的编辑，为了救济我，他提议让

---

[1] 艾米利奥·萨加里（1862—1911），意大利作家，以科幻小说闻名。
[2] 卢琪安娜·利提泽托（1964—），意大利喜剧演员、作家。

我匿名帮他，他会每月付给我两万里拉作为报酬。乔瓦尼和一个女人结了婚，这个女人算不上漂亮，但很讨人喜欢，他称呼她"将军"，因为她在战争部（那时候是这么叫的，后来我们为了展现和平，这个部改叫国防部）工作，有很高的行政级别。

他们没有孩子。由于"将军"下午五点才回家，给乔瓦尼准备食物的任务就落在了女佣约兰达身上。由于杂志的编辑工作是在乔瓦尼家的一个小房间里进行的，每周至少有两次，我都会被邀请留在那里吃午饭。

约兰达厨艺很棒。她来自弗留利（Friuli）[1]，五十出头的样子，农民一般的打扮。但她很爱干净，做事井井有条，只有在问她问题的时候，她才会开口。她在"将军"家已经干了十五年了。

杂志出版前的一个星期事情很多，我们也干劲十足。乔瓦尼更是在最后几天完全沉浸在创作中。由于爱熬夜，他总是睡得很沉，于是他发明出一种办法，好让自己在早晨八点就醒过来。"将军"自然是提前一个小时就出门了。有一回，乔瓦尼也让我跟他一起早起。

约兰达温柔地抬起沉睡中的乔瓦尼的头和肩膀，在他的下方铺上一层大大的防水布。然后，她去取来满满一大瓶冰水，

---

[1] 弗留利-威尼斯朱利亚大区，意大利二十个行政区之一，位于意大利东北部，被称为"意大利的东方大门"。

对着乔瓦尼的脸猛地倒下去。

"谢谢！"乔瓦尼说着，眼睛一睁，一跃就站了起来。

"别的不说，"有一天，约兰达向我坦白说，"这是一个好办法，可以缓解主仆之间不可避免的敌意。"

我相信，约兰达不会对任何人有敌意。特别是对我来说，她成了心怀悲悯的修女。有时，乔瓦尼被邀请外出吃午饭的时候，约兰达必然会坚持让我留下来。她知道我兜里没有几个钱。

她的方式粗鲁，但却慷慨，体贴入微。

有一次，在例行的午饭结束的时候，我点燃了最后一支香烟。我抽了三口后，小心地将它熄灭，又放回了香烟盒里。那时候她正在收拾饭桌，看到我的行为，她疑惑地望着我。

"我就剩下这支了，"我对她解释说，"得省着点儿。"

"您需要我下去给您再买一包吗？"

"谁给我钱呢……"

我回到编辑杂志的小房间。乔瓦尼打电话告诉我说，他会晚些再回来。在"将军"回来之前，我向约兰达告了别，穿上大衣，走了出去。

天气很冷，我把手揣进兜里，却摸到了两盒香烟，一个兜里一盒。我拿出来一看，正是我常抽的牌子。这是约兰达慷慨的、缄默的心意。第二天，我向她道谢。她却在演戏，假装一头雾水，说肯定是我自己之前买的,我一定是忘了。

当她知道我生病一个人在家的时候,有一天下午,她来敲我的门。连续两个星期,她每天都会来,替我整理好房间,为我准备好吃的。花费自然都是她的,用她自己的钱。

有一天,乔瓦尼找到了一位女赞助商来赞助他的项目,这家公司只演出意大利作家的新作品。这位女赞助商是个米兰姑娘,也是马尔凯[1]一位富人的情人,她想成为一名当红的演员。

我们都很激动,于是租下一个小剧场,聘请好演员,我负责开幕的导演工作。我们开始试戏,布景师布好舞台景,服装师准备好服装,这个米兰姑娘竟然不会演。我跟乔瓦尼抱怨,却毫无办法,我不得不忍耐,一切都是她说了算。

离最后的彩排还剩三天的时候,这个姑娘消失了。她的电话没有人接,她所住的小区的看门人说已经有两天没见过她了。再后来,我们从报纸上才得知,爆发了著名的蒙特茜(Montesi)事件[2],把意大利搅乱了。

更令我们感到恐惧的是,引发这件事的正是这个米兰姑娘,

---

[1] 马尔凯,意大利中部的一个大区,东面有亚得里亚海。
[2] 蒙特茜事件,是指1953年4月11日,一个年轻罗马姑娘的尸体在罗马特尔瓦阿尼卡滨海被发现,这个姑娘名叫唯玛·蒙特茜。她的死因至今仍是个谜。当年,她的死引发了诸多猜测,有说意外,有说自杀,她的死甚至牵连到了一些权威政治人物,引起轩然大波。

她揭发那个马尔凯人是她的情人。

于是，资金链就这么断掉了。我很高兴，一个真正的演员替换了这个姑娘。但要想让演出顺利进行，还需要两万五千里拉。

在哪儿才能弄到这么一大笔钱呢？乔瓦尼可以贡献五千里拉，可剩下的两万里拉怎么办？

在他家的一次午饭中，我们都很沮丧，乔瓦尼狠下心说他别无选择，只能放弃了。

我放下盘中的牛排，也没什么胃口。放弃第一次做导演的机会实在不是件容易的事。谁知道我什么时候才能再有这样的机会？我很沮丧，如鲠在喉。

此时，约兰达在另一个房间，隔着门，她应该是听到了我们的谈话。突然，她说：

"抱歉，我能打扰一下吗？"

我们看着她。她鼓起勇气把话说完。

"两万里拉我给你们。我从我日常的结余里拿。"

这部戏终于上演了。评论对我的导演大加褒奖。于是，我成了一名导演。

感谢约兰达！她是一位拥有伟大心灵的女仆。

19. 克尔斯汀

我的父亲对玫瑰花情有独钟，懂得很多。他在我外祖父的田间选了一块地，建起一个大大的玫瑰园，每次上班前和下班回来的时候，他都会亲自去照料那些玫瑰花。

1938年，父亲从荷兰弄来一整车玫瑰花，还带着培土。他拥有各种各样的玫瑰，颜色、品种应有尽有，每个季节都会有花开。由于花实在太多了，都不知道该送给谁，于是父亲免费把它们提供给教堂，或是哪家有孩子出生，哪里举行婚礼的时候，就送些过去。

1943年8月，我们家乡的港口到处都是盟军的船只，上面

Donne

装满了武器、弹药、车辆以及军需用品，这些都是给一个月以前登陆的军队使用的。多数船只靠岸停泊着，船上的货物被卸下来，用于军队的补给。父亲那时被任命为港务长，他一分钟也闲不下来。于是，照管玫瑰园的任务就落在了我身上。

一天早晨，我做完工作，顺手摘了一大束花，便出门去乡间走走。刚看到一些房子的时候，我就注意到一位美国海军军官，他身材高大，很强壮，头发金黄，约莫四十五岁的样子，正在路上闲逛。他一看见我，就让我停下来。我有些吃惊，他让我跟着他来到一条狭窄的小巷。我十分不解，暗自思忖，他想要干什么。来到我家的大门前，我正在找钥匙，他走近我，对我用英语说着什么。我用手势回答他，我不懂他的语言。于是，他指了指我手中的玫瑰，让我明白他是想要一支玫瑰。他流露出一种势在必得的表情，于是，我猛地把一整束花都塞给了他。他一开始有些不解，后来明白了，对我连连道谢，又从衣兜里拿出一张纸片和一支钢笔，让我写下姓名和地址。我写好以后，他抓住我的手，紧紧握了握，便离开了。

下午，一个美军士兵敲开我家的门，递给我一张纸条，等我的回话。纸条上是意大利语，上面写着，罗森菲尔德(Rosenfeld)号船船长卡尔·约根森（Carl Jorgensen）诚挚邀请我明天下午五点去他那里做客。我答应了，他说明天下午四点半会有人来接我。

但丁的女人

我写下一张接受的字条，以及正式的感谢的话，递给了士兵。

第二天下午来接我的是同一个人。到达港口的时候，恰逢高峰时段，他带着我朝一个大橡皮艇走去，上面有另一个士兵正等着我们。我们登上皮艇，几分钟后皮艇就离开了港口，在船只间穿梭，到罗森菲尔德（Rosenfeld）号船旁停了下来。登船的木梯已经准备好了，约根森在甲板上迎接我。他带我走进船舱，里面很宽敞。桌上有盛在盘子里的面包片，摆在莴苣叶上的我不知是怎么弄来的河虾，以及咸饼干。一位穿着洁白制服的士兵给我和船长倒了茶。一张不大的写字台上，放着两个相框。

约根森拿起其中一个给我看。相片中有一座非常漂亮的二层高的房子，屋顶呈倾斜状，屋子被一个小花园围绕着，到处都是盛开的玫瑰花。约根森说着话，士兵替他翻译。这是他在挪威的家，他很喜欢那些玫瑰，都是他种的。我的玫瑰花让他想起了他的家。他和他的船是在1939年到达美国的，接下来发生的一切，让他无法再回到自己的祖国。他加入了美军，共同对抗纳粹。然后，他又拿起另一张相片，上面是一个三十岁出头的女人的全身像。她身材火辣，双腿修长，头发披散在肩上。士兵告诉我说，她叫克尔斯汀，是船长的妻子。他已经有五年没见过她了，没有她的任何消息。

约根森问我要不要再来杯茶,我拒绝了,我不太喜欢茶。我向他道谢,然后站起身,目光落在了一个小书架上。由于对书有一贯的好奇,我走近去看了看书名和作者。这些书绝大部分都是企鹅口袋书[1]系列,也有乔治·西默农(Simenon)和纪德(Gide)[2]的原版书。我用法语问他,这些书是他的,还是碰巧在此。他开怀一笑:"我们终于可以不用翻译直接交谈了。"他回答我说,都是他的。他说,在布雷斯特[3]这样的港口待的时间久了,他也学会了除英语以外的另一门语言。

约根森请我再陪他待上一会儿。我又坐了下来。他同那个士兵说了几句话,士兵把桌子清理干净便离开了。约根森问我喜不喜欢威士忌。我说喜欢。他打开一个小柜子,里面的东西很丰富,他拿出一瓶酒和两只杯子,给我倒上。他对我的玫瑰和我本人非常好奇,我给他讲了讲,喝着酒,抽着骆驼牌香烟。后来,我惊讶地发现,时间过得飞快,我竟毫无察觉。

已经快八点了,父亲没有看到我,一定很担心。

---

[1] 企鹅口袋书,最早于1935年7月在伦敦出版的小开本"企鹅丛书",这套丛书三年间销售两千五百多万册,获得巨大成功。口袋书从此流行于世,对欧美的出版业产生了深远影响。
[2] 安德烈·纪德(1869—1951),法国著名作家,主要作品有《窄门》《背德者》《人间食粮》等。获1947年诺贝尔文学奖。
[3] 布雷斯特,法国海港、军港城市,位于布列塔尼半岛西端。

但丁的女人

我告诉约根森，我得走了。他请我留下来，他要跟我讲讲有关他自己私生活的事儿，他的恳请令我感动，让我难以拒绝。他出去派了一名士兵到我家告知情况，好让我的父亲不用担心。他又打开另一瓶酒，然后，问我要不要一起用晚餐。我说不了，我更想听他给我讲讲他的故事。

"三言两语也说不清楚。"他很快便打断了自己的思路。他开始离题，给我讲了些战争的片段。但很明显，他并没有走心。我发现，他的眼睛变得闪烁，我不知道是威士忌的效果，还是因为他内心的紧张。他请我允许他先脱掉夹克。然后，他站起身，走向写字台，打开一只锁着的抽屉，拿出两个大信封。他打开最大的那个，取出五十来张照片，放在我面前，一句话也不说。

这些都是他妻子的照片。大多数是全身照，也有十来张是肖像照，面部的轮廓、耳朵、嘴唇、颈部的每一寸细节都清晰可见。他像着了魔一样，开始激动地讲起来。他告诉我说，克尔斯汀是瑞典人，他在一家商店里遇上她，便爱上了她，三个月后他们结了婚。蜜月是在一座被玫瑰包围的房子里度过的。一个月里，他们一天也没分开过。之后，他去了美国，就再也没有见过她。

"懂吗？"他向我重复，"只在一起生活了一个月！然后五年未见！"

他给我讲有关克尔斯汀的一切。那个二十八岁的女孩和他这个四十五岁的男人结婚了。他给我讲她喜欢吃什么，喜欢读什么，他们共同喜欢的电影是什么，什么事情会让她笑，让她感动。他甚至告诉我她醒来时给他讲的两个梦想。他向我坦白，在遇到他之前，克尔斯汀有过三个男人，其中一个三十岁，叫奥拉夫（Olaf），她曾深爱过他。

后来，在经过一段长时间的沉默和犹豫后，他打开了另一个袋子。还是克尔斯汀的照片，不过这次都是裸体。这些照片里面有所有的隐私细节。他开始给我讲她的性喜好，讲他们会做的前戏，什么会让她达到高潮，她又会向他要求什么……我承认我当时真的很尴尬，而且也很震惊，我实在没法想象一个北欧人会讲出这些话。但约根森真的是按捺不住。他的酒一杯接一杯。后来，他终于把照片都装进了袋子里，放进抽屉，锁上。

他继续给我讲。他是一个很爱猜忌的男人。克尔斯汀太年轻了，他再回去的时候，他还会在那座有玫瑰的房子里找到她吗？还是她又和曾经爱过的奥拉夫在一起了？要是他在家里找到她，他发誓，再也不会想这样令人困惑的问题了。要是有什么，他也应该理解。年轻就是年轻，她有她的权利。只要上帝施恩，让他能再次见到她，如上次离开时一样，在玫瑰簇拥的花园里，他愿意付出一切……

他开始哭泣。然后又向我致歉。他洗了把脸，穿上夹克，给了我一个拥抱，告诉我说，明天晚上他就要走了。他叫来他的勤务员，让他送我回家。在踩上扶梯前，我给了他一个拥抱，我在他耳边轻声诉说了我的祝福。

回到家，夜已经很深了。我很快进入了梦乡。无可避免，我梦见自己和克里斯汀做爱。我知道她的一切，就像我亲自参与到了她的生活中。好几天晚上我都梦见自己和克里斯汀生活在一起，我真是难以自拔。

1947年3月的一个早晨，有一艘插着挪威旗帜的船靠了岸。下午，一位海员敲开我家的门，给我留下一个信封。晚上回家吃晚饭的时候，我打开来看。是约根森，他用法语写的信。信只有几行，他告诉我，他请一个同事给我捎来有关他的消息。他回到祖国了，也找到了克里斯汀，她一直在等他。他很幸福，现在，他正在等待孩子的降生。他向我对他表示的耐心和友爱表示感谢。还有一句附言：

"这是玫瑰带来的岁月的奇迹！"

20. 露易丝

就是她,露易丝·布鲁克斯。不是她,又是谁呢?

1925 年,她十九岁。作为电影《齐格飞歌舞团》(*Ziegfeld Follies*)中的芭蕾舞演员,她首次登上了银幕。此前,她已师从现代舞蹈的天才创始人之一玛莎·葛兰姆(Martha Graham)[1]学习了很长时间。

---

[1] 玛莎·葛兰姆(1894—1991),美国舞蹈家和编舞家,被称为"现代舞之母",她独创了葛兰姆式舞蹈技法,对后来的现代舞发展影响深远。

艾略特[1]说，我的结局蕴含在我的原则中，或者说，在我的原则中，早已凝结了我的整个生命。因为露易丝敢于追求，善于探索实验，拥有个人的创造力，她又符合富有传奇色彩的变化多端的齐格飞歌舞团对芭蕾舞演员的要求。剧团有十足的梦幻色彩，又略带普鲁士的风格，舞台上三十个姑娘整齐划一地做着同样的动作，那样子就像机械娃娃一般。

露易丝的一生就是一个矛盾体。

她非常漂亮，有着令人惊艳的身材，双腿柔软、有韧劲，是个天生的顶尖芭蕾舞演员。她聪慧、个性鲜明，拥有一切好条件，能让她在好莱坞的默片电影中迅速走红。不过，从1926年到1928年，她参与演出了十余部电影，但都不是由大导演执导，如霍华德·霍克斯（Howard Hawks）[2]，又如威廉·威尔曼（William Wellman）[3]。她直觉便知道哪里是关键，哪里该抛出亮点，再配合上手势。

1928年到1929年间，导演马尔科姆·克莱尔（Malcolm

---

[1] 托马斯·斯特尔那斯·艾略特（1888—1965），英国诗人、剧作家和文学批评家，诗歌现代派运动领袖。他的诗作《荒原》被评论界认为是英美现代诗歌的里程碑。获1948年诺贝尔文学奖。

[2] 霍华德·霍克斯（1896—1977），美国电影导演，被公认为好莱坞黄金时期最重要的导演之一，代表作为《育婴奇谭》等。

[3] 威廉·威尔曼（1896—1975），美国电影导演，代表作为《星海浮沉录》等。

但丁的女人

St. Clair)[1]和弗兰克·塔特尔（Frank Tuttle）[2]要合拍一部电影，之前他们分别拍了两部影片，在没有提前商量的情况下，他们不约而同地选择了露易丝作为女主角。这部电影名为《金丝雀谋杀案》，改编自范·达因（S.S. Van Dine）[3]的同名侦探小说。

露易丝在这部影片中扮演了夜店女郎一角（在后来的生活中她也从事了这一职业），她穿着令人艳羡的全部由金丝雀羽毛做成的衣服，观众的目光被她深深吸引，他们都沉醉在她的魅力当中。这部电影在国际上获得了很大的成功。露易丝初露锋芒。

在德国，大导演帕布斯特（Georg Wilhelm Pabst）[4]一定是看到了这部片子，于是立即请她出演电影《潘多拉的盒子》，影片改编自德国表现主义戏剧先驱作家魏德金（Wedekind）[5]的作品。1929年，帕布斯特又与露易丝合作影片《迷途女人的

---

[1] 马尔科姆·克莱尔（1897—1952），美国电影导演，执导了近百部影片。
[2] 弗兰克·塔特尔（1892—1963），美国电影导演、作家。
[3] 范·达因（1888—1939），欧美推理小说黄金时代代表作家之一，创作了旨在规范推理小说写作的"范达因二十则"，对后世推理小说的创作影响颇大。
[4] 格奥尔格·威廉·帕布斯特（1885—1967），奥地利籍电影导演，作品以晦暗的写实主义闻名。
[5] 弗兰克·魏德金（1864—1918），德国剧作家，被奉为德国表现主义戏剧始祖，他的作品至今仍在德国和世界各地演出。

日记》。

许多电影研究学者认为，这两部电影为她的成名奠定了基础，也标志着一位独一无二、无可替代的女演员的降生。

在魏德金创作的人物"露露"身上，露易丝塑造了一个令人惊奇的人物形象，集中了极端女性可能拥有的每一面。

她留着时髦的短发，发色黝黑，前额的刘海随着身体起伏的每一微动，都给人带来一种性感的愉悦。然而，一瞬以后，她又露出清澈、纯洁的眼神，举止之间，把女人的风韵表现得淋漓尽致。

狡黠与媚俗，无辜与天真，同生与共。

那种永恒的矛盾，也存在于露易丝的真实生活中。她一生都在辉煌与沦丧的平衡中跟跄前行，她是个矛盾的混合体。

露易丝曾在电影银幕上惊艳众人，然而她的出现却又像流星划过天空一般短暂。

第二年，在巴黎，意大利导演奥古斯都·杰尼纳（Augusto Genina）[1] 导演电影《美丽的价值》（*Prix de beauté*），找到了露易丝担任主演，然而这部影片却标志着她演艺事业下坡路的开始。之所以选择露易丝出演，倒不是因为她是杰出的、无可替代的

---

[1] 奥古斯都·杰尼纳（1892—1957），意大利电影导演、制片人，作品曾两获威尼斯电影节大奖。

但丁的女人

女演员，还曾同帕布斯特合作过，而是因为再也找不到人能够比她更好地诠释那种不安分、复杂的人物个性。

杰尼纳技不如人，他的电影失败，却把罪责都怪在了露易丝身上，他说她夜夜饮酒，每次都和不同的男搭档做爱，有一天早晨他们还把她从被窝里拽了出来，因为她拒绝起床……总之，真真假假，他硬是编出了一个"露露"的传奇人生，于是"露露"也成了露易丝的别名。就这样，她成了个荒淫无耻、朝三暮四、彻底迷途的女人。

几年后，因为有声电影的到来，露易丝的形象暗淡下来，并被人们遗忘。取而代之的，是"蓝色天使"玛琳·黛德丽（Marlene Dietrich）[1]。不过，虽然她的性感也被人们津津乐道，但与露易丝相比，还是不及。你们要相信我，黛德丽更有种修道院女学生的感觉。

露易丝回到美国后，在夜店做起了舞女，她也参演了几部二流电影，做广播剧的女演员，渐渐老去，风光不再。然而，那些在1928年看过她的影片的人，却无法忘记她；那些更年轻的人，偶然在影片档案中看到她风采的人，也会怦然心动。

---

[1] 玛琳·黛德丽（1901—1992），德裔美国演员兼歌手，20世纪二三十年代好莱坞唯一可以与葛丽泰·嘉宝分庭抗礼的女明星。

后来，在《电影手册》[1]上活跃的法国年轻人，如戈达尔（Godard）[2]、特吕弗（Truffaut）[3]和他漂亮的女伴，他们发现了露易丝，他们为她着迷，并让她重见天日。他们把她介绍到了法国，展映追溯她主演的著名电影。

1965年，在杂志《李努斯》（Linus）[4]上，刊登了瓦伦迪娜奇遇的第一部分，题为《莱斯莫弯》（La curva di Lesmo）。瓦伦迪娜是意大利著名漫画艺术家圭多·克雷帕克斯（Guido Crepax）[5]创作的人物。我要和无数露易丝·布鲁克斯的粉丝一起，向他致谢，因为他给瓦伦迪娜画上了露易丝的脸庞。

后来的评论将露易丝推向了一个不同的方向。她成了一位有教养的、伟大的女演员。她开始写一些有关默片电影的杂文和短篇小说，并在后来整理成册，有时她也写一些电影评论的专栏。

再后来，露易丝又迎来了新的沉寂。1985年，她去世了。

---

[1]《电影手册》，法国最知名的电影杂志，1950年由电影理论家与影评家安德烈·巴赞创办。
[2] 让—吕克·戈达尔（1930—），法国著名电影导演，法国"新浪潮"电影的奠基者之一，代表作有《芳名卡门》等。
[3] 弗朗索瓦·特吕弗（1932—1984），法国著名电影导演，"新浪潮"电影代表人物之一，代表作为《四百击》《最后一班地铁》等。
[4]《李努斯》，意大利的一本漫画杂志，1965年4月由乔瓦尼·甘迪尼（Giovanni Gandini）创办。
[5] 圭多·克雷帕克斯（1933—2003），意大利漫画艺术家，深刻影响了20世纪后半段的欧洲成人漫画领域。

但丁的女人

要想了解女人是什么样的,就买帕布斯特两部电影的 DVD 来看看吧。看过之后,你们就没什么要问的了。

21. 卢 拉

米莱拉和卢拉是姐妹。那时，卢拉二十二岁，米莱拉二十。每天清晨，她们都会从父母的小别墅出来，去不远处的沙滩，那里人迹罕至，如果不是周围有几户人家，小海湾几乎没什么人知道。

米莱拉总是有七八个年轻的追求者迎着她。而卢拉只有两个，一个叫乔阿奇诺，皮肤黝黑、身材粗壮，有点儿罗圈腿，前额一指高，简直是猿猴与人的完美过渡；另一个则是古塔达罗，一个五十岁的财主，大肚子、鳏夫、无子，除了卢拉，他谁也不瞧。

米莱拉非常漂亮，金黄色的头发，个子高挑，身材纤细，双腿苗条匀称，走路时很优雅。卢拉头发微红，胸部偏大，上下身的比例很不相称，走路的时候歪歪扭扭，过长的胳膊晃来晃去，皮肤上长满了痣和雀斑，真让人难以想象！

米莱拉的追求者自然没有一个不嘲弄卢拉的这两个情人的，他们好奇，这两个人究竟能在卢拉身上发现什么？

然而，贾尼却自认为是懂他们的。卢拉也有她的魅力。

卢拉智慧平平，却并不蠢笨，她对玩笑或是双关的话不予理睬，总是绷着一张脸，一副粗鲁的样子，简直就是未开化的女人的典范。有时，贾尼幻想和她拥抱，心中便有了一种异样的感觉，好像把她带回到了几个世纪以前，一直到穴居人的时代。

大伙儿都知道，有时米莱拉会因为无聊，或是情绪，又或是什么只有她自己知道的原因，让某个追求者暂且消失。而这时，卢拉恰好是那个坚不可摧的屏障。因为同类相吸，卢拉的理想伴侣应当是那个前额低矮、长着罗圈腿的男孩，他们的动作和嘟囔的声音都配合得天衣无缝。不过，有人说，有一回他动作冒犯，卢拉竟一拳打在了他的脸上。古塔达罗则采用不断送礼物的办法，来赢得卢拉的芳心，这些礼物有耳环、手链、项链，不过，卢拉从来没戴过。

和米莱拉在一起时，贾尼觉得自己完全没有竞争力。从体格上来说，他瘦骨嶙峋，弱不禁风，而她身边的男孩子们都有着强健的体魄，他们在她面前展示赛跑、格斗、弹跳、游泳这些竞技项目。贾尼很穷，其他男孩却都家境富有，他们会邀请米莱拉去高档餐厅共进晚餐。

有一回，其中一个男孩替他哥哥问贾尼，他是不是报纸和广播上说的那个象棋比赛的地区冠军。贾尼承认了。米莱拉这才屈尊瞥了他一眼，不过不再是那么心不在焉了。从那天起，她对待贾尼的态度变了。现在，当她讲什么话，而四周的人安静听取的时候，她的目光总在找寻贾尼的目光，好像要就她所说的内容，征求贾尼的意见。

吃午饭的时候，卢拉总是先回到家，十来分钟以后，米莱拉才跟进来，后面尾随着一群她的追求者。有一天，在家门口，米莱拉跟所有的人说再见，却对贾尼说：

"你留下来，我有事跟你说。"

"你是说你选择和我做爱吗？"

贾尼一面激动不已地问，一面紧跟着米莱拉。米莱拉让他进了一间客厅，关上门，和他坐在一张沙发上，那沙发真够小，他俩的身子紧挨在一起。天呐，她的肌肤真香啊！米莱拉拿起贾尼的一只手，放在她的两手之间。

"你喜欢我吗？"

贾尼已经没法呼吸了。一声"是"，好容易才从他那公鸡一般瘦弱的身躯里挤出来。

"那你就帮我个忙。我知道你不会说不的。这件事很棘手，是有关卢拉的。她十八岁那年，疯狂地爱上了一个人，那个人利用了她，后来却消失了。从那以后，卢拉就不……你懂吗？你……你和那个卢拉曾经爱上的男孩有几分相似，你就像他的孪生兄弟。总之，事情是这样，卢拉昨天对我说，她喜欢你。如果她想要什么东西，却得不到，她能造成你没法想象的悲剧。有一次，妈妈没给她买她想要的裙子，她竟然在家里放了把火。消防员都跑来了！所以，我求你……"

她说话的时候，贾尼感觉不大好，他仿佛又从云端摔到了地上。

"为了亲爱的，做什么都行。可我具体要做些什么呢？"

"明天，在沙滩上，你别和我在一起，跟她在一起。"

"让我跟乔阿奇诺和那个古塔达罗一起？"

她让贾尼别说话。她把脸凑近贾尼，轻轻地在他唇上吻了一下。

"你同意吗？"

"同意。"

第二天，贾尼到得有点晚。他绕过米莱拉的那伙追求者，在他们惊讶的目光下，径直向卢拉走去。乔阿奇诺和古塔达罗更是露出了比其他人更震惊的神色，特别是贾尼躺在他们身边的时候。卢拉像没看见他，她在梳头，一直在梳。

"我们去游泳吧？"古塔达罗从惊讶中回过神来后，建议说。

"不，"卢拉说，"你和乔阿奇诺去。现在！立刻！"

这是个命令。连气都没喘一下，两人便起身，纵身跳下海去。

卢拉朝贾尼恶狠狠地瞪了一眼。贾尼显得手足无措。这是一种爱的表现吗？或者是米莱拉和她的朋友们在拿他开涮？这时，卢拉说话了。

"现在我回家，你跟我来。"

"但要是家里你父母在……"

"整个早上都没人。"

她站起身，朝家的方向走去。米莱拉应该是一直注意着她，因为她也站起来，带着那一群小伙儿朝海边跑去了。这真是绝妙的调虎离山计。这样一来，贾尼去小别墅的时候，就没人注意到他了。

"你在哪儿？"贾尼在客厅问道。

"这儿，"她从远处应道，"你上来。"

这座小别墅有两层。他走了上去。楼上有三间卧室，其中一间是双人房。卢拉在她自己的房间里，走廊最尽头的一间。

贾尼走进去，激动地蹦了起来。卢拉已经脱下睡衣。她一句话也不说，紧绷着脸，走近他，脱他的裤子。贾尼下面只穿了件泳裤，他有点不自然。

"吼！"她生气了。

为了避免麻烦，贾尼立马把它脱了。她给他指了一把椅子。贾尼坐下来。她趴在他的膝盖上，腹部朝下。

"数数我的痣。"她说。

"什么？"她说的那个词，贾尼没听懂。

"这些。"她一边说，一边给他指了指。

她的皮肤上，没有一处不是那泛红的小斑点。

"这简直不可能啊！"

"你快开始！"她命令道，在他的小腿上拧了一把，疼得他眼泪都出来了。

"从哪儿开始？"

"从这儿。"她指着臀部左边上方的一处说道。

贾尼开始数起来。卢拉冒汗了，她身上散发出一种介于苔藓和野兔之间的气味。数到两百的时候，她开始在贾尼身上蠕动起来。三百的时候，她开始辗转。很显然，数数唤起了她的兴奋。突然，她再也按捺不住，开始发出喉音，一跃站了起来。然后，一切就像贾尼幻想的性爱一样，只不过是相反的。……所有这一切，都伴着耳光、拳打和撞击声，伴着舌头的咕噜声和嗡嗡的低语声。

后来,她觉得够了,就把自己关进了浴室。

贾尼飞快穿上衣服,溜之大吉。

下午,他给米莱拉打电话。但米莱拉却没让他讲话。

"谢谢你为卢拉做的一切,"她说,"你根本不了解……"

"好吧,"贾尼打断她说,"但我想说的是,再有像这样的待遇,我是不会……"

"那你就是什么也不懂!不会再有第二次了。卢拉已经得到了她想要的,这已经过去了。明天你可以静静地回到我身边来。"

22. 玛利亚

常言道，初恋总是难忘的。这篇文章，就凝结了我的回忆，非常温柔、甜美，和很多人的初恋一样，带着沉甸甸的分量。

那时候，我刚满十五岁，获得了省里的芦荻少年戏剧奖。这是一个法西斯的活动，在中学或同类学校的学生中优胜劣汰，选出在不同文化领域出类拔萃的人，然后再在一定的时间以后，让他们参与全国的竞争。参加舞台演出的剧本，并不是我选的，品质只能算平庸，叫《罗穆阿尔迪山》(*Le montagne di Romualdi*)。

为了试镜，一共来了二十个学生，有男有女。大多数情况下，参加这样的活动，并不是因为对戏剧的热爱，而是因为可以免除周六下午的法西斯集训。一共有八个组，所以我可以从容地选择。我们开始试镜。很快，因为天生的艺术素养，玛利亚脱颖而出。她和我同龄，来自师范学院，头发卷曲乌黑，大大的黑眼睛，横梁的乌木在她眼中映出彩虹的色泽，她轮廓分明，体态性感，唇泛着红晕。

她像一只猫一般灵活，对一切都十分敏锐，心情变化多端。第一眼，我便爱上了她。不过，由于我在导演组，我只得和她保持距离。试镜结束后，她没再多待一分钟，便回家去了。我们剩下的人，则被一个身穿制服、眼观六路的女监察员看管起来。

每当我上台给演员们做示范的时候，我总是谨慎地避免与玛利亚目光相交。如果我真要跟她说什么，我会把目光投向她头顶上方半米的地方。她，当然是注意到了。

有一天，我们在走廊上遇见了。我继续往前走，脸冲着墙，但我听见她说：

"看着我！"

"噢，终于！"她笑着说。我转向她的时候，一脸通红。

我继续往前走。

演出非常顺利。法西斯党省委书记是那时省里最高的政治领袖，他来祝贺我们，对我们说，接下来的一周，我们要去巴勒莫，参加地区的选拔。参与竞争的剧团有八个，来自罗马的评审团只会选择一出剧送去参加在佛罗伦萨举行的全国竞赛。我们得争取到这个机会。

我们只有两天的时间布置舞台灯光，进行试演。我们有一辆大巴车用来坐人，还有一辆卡车用来装布景和设备。清早六点，我们就出发了，大伙儿都非常激动。到了巴勒莫，我很快带着工具去了金色剧场，第二天凌晨两点才从剧场出来，这时演出已经在评审团面前结束。吃了点东西以后，晚上九点，我们再次出发前往阿格里真托。

天色已经很黑了。我一个人坐在班车的最后一排，那儿有四个连在一起的座位，中间没有扶手。玛利亚也一个人，她坐在我前面的位子上。车子开了十分钟以后，那种一直揪着我们的紧张感总算是过去了。寂静慢慢地落幕了。没过多久，女监察员睡着了，其他的姑娘小伙也睡着了。

这时，玛利亚站起身，来到我身边坐下。她没有说话，把我的一只手握在她手中。我们就这样坐了一阵子，紧挨着坐着。忽然，车子一个急转弯，她扑在了我身上。

我抱住她，双手紧紧地用力。我生怕我的心跳会惊醒所有的人。她换了换姿势，把一只胳膊伸到我背后，头微微低下几分。我从没这么亲近一个女孩子的肌肤，感受那令人陶醉的味道。

我什么也不懂，只觉耳边嗡嗡作响，身子发热。在我们接吻前，我深深地吸了一口气。

电影史学家们说，最长的吻是电影《美人计》[1]当中的。我们把我们的唇置于高处，那地方叫作莱卡拉·弗里迪（Lercara Friddi），我们再把它们抛到一百二十五公里以外的地方。这恐怕是个没什么经验的吻，但却是一个美好的回忆。

从那以后，我们每天都会见面，但躲着不让任何人看见。

我们爱得很深。但我也开始惹她吃醋。我没有做什么对不起她的事，但玛利亚总能找出些什么。

"你和乔瓦娜打招呼的时候，为什么把她的手握那么长时间？"

她狠狠地瞪我一眼。

当她真生气的时候，我很怕看她的眼睛。那简直就像凸透镜一般。

一天，有消息传来：我们赢了地区的比赛。所以，我们要去佛罗伦萨，参加国际法西斯青年集会，在此期间，还会进行最终的比赛。

在佛罗伦萨，有来自西班牙、葡萄牙、法国、克罗地亚、德国、罗马尼亚、匈牙利甚至是日本的青少年。我们意大利人，男生

---

[1]《美人计》，上映于1946年的美国惊悚影片，由大导演希区柯克执导。

睡在卡西内（Cascine）公园搭起的帐篷里，女生睡在学校改成的宿舍里。集会、排练、演出一般都在早晨进行，下午是大家自由交流的时间。

我觉得，要是没有佛罗伦萨之行，我们也不会有机会拥有更绵长、成熟，更富激情的吻。我们的爱抚，怎么说呢，也更加成人化，我们知道自己在做什么，我们在探索，但我们却不敢逾越界限。

那些天，玛利亚的嫉妒达到了顶峰，因为有时候，我不小心瞥了一眼哪个漂亮的姑娘。有一天，一个非常可爱的匈牙利女孩叫住我们，问了个我们都不懂的事情。我灵机一动，用拉丁语问她，有没有学过拉丁语。她说学过。于是，我就和那姑娘用拉丁语交流，姑娘知道了她想知道的答案。当只剩下我和玛利亚的时候，玛利亚把我的一根手指咬出了血。还有一次，她很用力地踩了我的脚，第二天整个上午我都一瘸一拐的。

我们的爱情是因为不可抗力因素结束的。我们从佛罗伦萨回去后没几天，她就病了。她家是另一个省的，在阿格里真托，她住在一个婶婶家。后来她的父母把她接走。她从巴勒莫给我寄过几张明信片，地址是她住院的地方。

"问候，吻。玛利亚。"

我再没见过她。

Donne

很多很多年，似乎是太多年以后，我遇见了一个我们共同的朋友。我问她玛利亚的消息。她说有时会遇见她，她很好，已经结婚了，有三个孩子。

"替我跟她问声好。"

她说好。

23. 玛琳卡

    那是 1940 年，战争开始前的几个月。在我的家乡，卡斯提亚诺（Castiglione）咖啡厅很火爆，里面的冰淇淋味道独一无二。罗破锣（Ruoppolo）先生开了一家同名的咖啡厅，在同一条街上。为了打败竞争对手，他有了个革命性的想法。他从特里斯特（Trieste）[1] 找来一个二十岁的漂亮姑娘，很有风韵，一头红色的头发，他把她放在吧台做服务生。这姑娘穿一件白色的衬衫，衣领毫不吝啬地摊开，很明显就能看到里面没穿内衣。这主意

---

[1] 特里斯特，意大利亚得里亚海滨城市，意大利六个主要海港之一。

和那样的衣服，着实大获成功。很快，乡里的年轻人，还有那些已经娶妻生子的中年人，都抛弃了卡斯提亚诺咖啡厅，来为特里斯特呐喊欢呼。

不过，这红发姑娘却如同流星一般转瞬即逝。刚过六个月，她就和海军的一个士官订婚，并和他生活在了一起。那些特意赶过来的人们，非常失望，只好重回故里。罗破锣先生一直撑到国庆，后来，考虑到营业额下滑，决定挽回败局，于是从特里斯特又找来一个姑娘。

她叫玛琳卡，金黄色的头发，皮肤白皙，个子高挑，人很和善，但就是不如之前的红发女郎那般丰满。不过，她的曲线很好，又有"歌手"的美名，会计师普林奇帕多就是这么说她的。罗破锣先生的咖啡厅又火了起来，不仅当地人来，在港口停留的战舰上的官兵也来。

玛琳卡继承了底层的一间公寓，之前是红发女郎住的，归罗破锣先生所有。咖啡厅的服务一直持续到半夜。送走最后一拨客人，姑娘放下帘门，去洗漱。在屋后一个用作储藏室的大屋子里，她脱下衬衫，换上自己的衣服，然后把帘门反锁上，回家去了。当然，她回家的这一路也不平静，黑暗中时不时有人窜出来，有人邀她每晚过夜，有人则邀她一晚。

不过，玛琳卡总是很有礼貌，莞尔一笑，都拒绝了。

但丁的女人

伦齐诺是个还不满十六岁的少年,他也为她疯狂。他从来没有勇气向玛琳卡提出什么,就算他提出了,玛琳卡也只会报以微笑。他从来没跟一个女人在一起过,他对玛琳卡的渴望让他无法入睡。

早晨,他去上学,下午,他就靠在阳台上,喝酒,看她来回走动。她每次看到他,都会对他微笑。他很清楚,她对他留意了,但除了微笑,她却不能再给他更多。

这是对忠贞的一种奖励。

后来,在乡间,人们传言玛琳卡成了夏卡医生的情人。这个夏卡医生是靠着婚姻富起来的。他的妻子埃内斯蒂娜着实很丑,还醋意十足,但她拥有上百万的资产。所以,为了去会玛琳卡,夏卡医生不得不谨小慎微,他总是编排些突发事件或是心脏病什么的,好在外待上几个小时。

那些总从暗处钻出来的追求者们消失了。伦齐诺却无动于衷,像焊在了阳台上。玛琳卡总会对他报以微笑。

一天,一个具体的计划开始在伦齐诺脑中显现。这个计划非常大胆,只有出于他那对她无法抑制的欲望才能使他想出来。

一晚,他洗完澡,浴室在后面,他去了那个用作储藏室的大房间。他看了一眼窗户。窗户足够大,人应该能过。他看见

Donne

玛琳卡的衣服整齐地放在靠近洗脸池的一把椅子上。他又回到阳台上。

酒吧关门前十分钟，他跟玛琳卡打了招呼，佯装又去卫生间。实际上，他是去了那个大房间，他朝着门边的一个柱子走去，躲在几袋咖啡后面，开始等待。

在他这儿，能看见玛琳卡脱光衣服，洗澡，再穿上衣服。对他来说，这就够了。他太迷恋她了。他准备等玛琳卡一锁上金属帘门，就从咖啡厅里出来，从窗户上一跃而下，那窗户恰好对着一条街道，那里时常空无一人。

大约一刻钟以后，大房间的灯开了，玛琳卡走了进来。

她脱下衬衫，伦齐诺终于可以看见她裸露的样子了。她皮肤白皙，洗澡时在水汽中更显得波光粼粼。他看见她的后背，实在太美了。此时的他浑身大汗淋漓，一定是发烧了。突然，玛琳卡转过身来，去拿挂在钉子上的毛巾。迎面看见她，伦齐诺一阵晕眩。她的乳头仿佛是宇宙吸引的磁极。

他什么也不知道了。他开始手脚并用，好像还躲在那些袋子后面一样，朝她爬去，呻吟着，哼唧着。

玛琳卡一动不动，她被吓到了，大张着嘴，毛巾掉在了地上。

伦齐诺继续爬着，来到了她的脚下，他直了直身子，伸长脖子，吻了她的肚脐。

一股怜悯之意袭上玛琳卡心头。她俯下身子,用双臂扶住他,让他站起来,抱住他。

"可怜的孩子,可怜的孩子……"她低声对他说。

伦齐诺没注意到自己正在哭泣。当她用手擦干他的眼泪时,她觉得她懂他。

"别这样,可怜的孩子。"

伦齐诺浑身颤抖,说不出话。她摸了摸他的额头,很快做了个决定。

"今晚不行,但明天可以。你来找我。等等!"

她走到椅子旁边,拿起包,打开,从里面拿出一把钥匙,递给了他。

"这是我家的一把钥匙。你明天晚上差五分钟十二点的时候来,开门进来,别让人看见你。等着我。不要开灯。"

她帮着他从窗户出去。如果是一个人,像伦齐诺现在这种状态,他根本做不到。

一切都按照事先的计划进行着。

第二天夜里,玛琳卡用她无尽的温柔,让伦齐诺战胜了剧烈的心跳、颤抖和惶惶无措。

接下来一天的下午,在咖啡厅,伦齐诺给她带去了一大束玫瑰花。

Donne

尽管他再也没有向她要求去找她，也或许是因为他知道她会拒绝他，很长一段时间，伦齐诺常会经过这间咖啡厅，在露台上喝瓶汽水，而她，也会不时地冲他微笑。

24. 纳芙蒂蒂[1]

《纳芙蒂蒂》是我青少年时代读过的一本书，这本书的作者我已经不记得了。

书的情节我记得也很混乱。我印象，好像讲的是埃及王后。纳芙蒂蒂，意思是"迎来之美"。她是太阳神的女儿，所以拥有超自然的能力。故事中，纳芙蒂蒂化身成为我们这个时代的女人，她让所有遇见他的男人都为她神魂颠倒。她酿成了无数婚

---

[1] 纳芙蒂蒂（前1370－前1330），埃及法老阿肯纳顿的王后，传说她不但拥有令人惊艳的绝世美貌，也是古埃及历史中最有权力与地位的女性。1912年，一位考古学家发现了纳芙蒂蒂的七彩半身像，她被誉为"世界上最美的女人"。

姻的悲剧，后来却自己深陷一场没有回应的爱中。于是，又因为某种人间以外的契约，她再次回到了木乃伊的状态。我当时以为这是一个纯粹虚构的小说，后来我才知道，纳芙蒂蒂这个人，历史上真的存在过。

我承认，当我看见收藏在开罗博物馆的她的雕像时，我感到无法呼吸，在它面前，我像呆住了，足足站了半个小时，我着迷了，深深地被吸引了。

因为那张面孔不仅仅是纳芙蒂蒂最迷人之处，还是女性永恒和极致之美的象征，在岁月中经久不衰。

其实，那张面孔也极具现代感，甚至长得和葛丽泰·嘉宝（Greta Garbo）[1]颇为相像。

关于她的香消玉殒，研究埃及历史的学者们只能依靠假设或猜测。有人假想，她是在一场反对法老的密谋中不幸身亡的；有人则不同意这一观点，他们认为，她和丈夫平起平坐，是宗教和行政改革的发起者，甚至她丈夫死之后，她仍独自坐在宝座之上。

---

[1] 葛丽泰·嘉宝（1905—1990），出生在瑞典的好莱坞影星，代表作品为《茶花女》和《安娜·卡列尼娜》等。

但丁的女人

她的夫君是法老阿肯纳顿（Akhenaton）[1]，他对她一见倾心，随即娶了她。不过，我觉得，这事说起来容易，做起来却并非如此。

法老是至高无上的君王，他本应呼风唤雨，执掌臣民的生杀大权。不过，一个法老也有需要绝对遵从的规则，这其中，我认为，一个法老和一个并非贵族血统的女人之间的婚姻，应该是不会被允许的。

我们把时针向后拨上很多圈，1936年，英国的爱德华八世[2]为了迎娶一个平民出身的美国女人辛普森，竟不得不放弃王位！

作为一个小说家，我并没有什么历史考证，但我是这么认为的，阿肯纳顿法老为了解决这一问题，用了一个绝妙的伎俩——他让坊间流传出这样的传言：像纳芙蒂蒂这样的美貌，定是来自人间以外的地方。

从那以后，纳芙蒂蒂变成了太阳神的女儿，她奇迹般地从太阳下凡至人间。这么一来，不仅问题解决了，这甚至变成了一段与一位女神结合的备受祝福的姻缘，新郎的权力也得到了

---

[1] 阿肯纳顿，即阿蒙霍特普四世，古埃及第十八王朝法老（前1379年—前1362年在位），在位时进行宗教改革。
[2] 爱德华八世（1894—1972），英国国王，后来的温莎公爵，自1936年1月20日其父乔治五世驾崩到1936年12月11日退位，共执政三百二十五天。他是唯一自愿退位的英国君主。

绝对的提升。

　　婚礼过后,纳芙蒂蒂要向太阳神举行祭拜仪式,却并不是向君王,尽管从法律上来说,她是属于他的。

　　有一幅画,画着法老和纳芙蒂蒂,还有他们的女儿,他们在为执掌生命的太阳神举行祭拜仪式。纳芙蒂蒂手上托着一个盘子,盘子里是她自己正在祈祷的小雕像,用以象征她半神的身份。

　　纳芙蒂蒂也是值得阿肯纳顿去爱的。

　　在流传下来的众多有关这对夫妻的肖像中,他们总是一副恩爱的样子(那时的人们真堪比今天的狗仔队),其中有一幅,法老正在大庭广众之间柔情地亲吻着他的妻子。

　　在石棺中,本应有纳芙蒂蒂的木乃伊。法老想把惯用的放在四个角落的四大保护神的肖像,统统换成她的肖像。

　　这位"幸福的女人,容貌光彩照人,在爱中崇高",她像一颗闪耀之星。

　　在柏林的埃及博物馆,保存了纳芙蒂蒂的一座雕像。这座雕像雕塑家图特摩斯未完成的作品,但纳芙蒂蒂的美貌却不似她的另一座雕像。这不应当归结为开罗的那位不知名的雕塑家和图特摩斯风格不同。

　　在经过 X 射线检测后,原因近期才被发现。图特摩斯的作品,在纳芙蒂蒂的脸庞上，有刻上去的细纹，特别是在眼角周围。

所以，对图特摩斯而言，那时的纳芙蒂蒂已不再年轻，他想要展现她真实的容颜，就是那时那刻所看到的样子，不加理想化的成分。

假如果真如此，那我们就能得出结论：纳芙蒂蒂不仅拥有绝美的容貌，甚至还有绝顶的智慧。

或许，仔细来看的话，开罗的那个肖像唇间浅浅的笑容，反不及这件真实再现的作品有魅力。

那雕塑家企图留住的永恒之美，却如同幻境一般脆弱易逝。

这些眼角间细碎的褶皱，是岁月抹不去的痕迹。纳芙蒂蒂成了那些担心容颜衰老而去注射肉毒杆菌[1]的女人们应当树立的榜样。

这些细小的皱纹，会让我们更爱纳芙蒂蒂。她懂得接纳美丽的到来，也坦然面对它的离去。

---

[1] 肉毒杆菌，一种生长在缺氧环境下的细菌，其毒素能使肌肉暂时麻痹，利用肉毒杆菌毒素消除皱纹的整容手术风靡一时。

25. 尼 娜

她名不见经传,她的故事鲜有人知。她的面容在褪色的老照片里,已然看不真切了。

她的一生我几乎一无所知,我唯一知道的,随后会说给大家。

我只是觉得,她值得一说。

她叫尼娜。这个平常的女人,1925年时是个漂亮的雨季少女。

她和家人一起生活在西西里的一个农庄。她的父母有一小块地,靠着微薄的收入,艰难度日。平日里,尼娜给他们打打下手。她是他们唯一的女儿。

每天,女孩都会看见一个二十来岁的青年农民,他经过被往来羊群踏出的小路，沿田边走过。他叫贾科莫，总牵着一头驴，来乡间卖些新鲜的瓜果蔬蛋。

贾科莫的父亲走得早，照料小农场和患病母亲的重任就落到了他和朱塞佩身上。朱塞佩是他哥哥，比他年长六岁。

贾科莫每天会经过田边两次：一大早来，返回的时候一般刚过正午十二点。每次，要是尼娜恰好也在田间，他的目光便会停留在她身上好一阵子。

尼娜知道这青年忠厚，是个干活人，很是倾心，可她却假装无所谓，依旧在地里干活，头也不抬。

后来，一个节日，他俩在教堂门口迎面碰上。相对一望是免不了了。他们用眼神交流，心照不宣，许下了郑重的承诺。这是一场无声的长谈，尽管时间上很短暂。

现在，每当贾科莫经过，她都会抬起头，与他目光交汇。

那时，整个地方都受控于法西斯头目安塞尔莫。他是法西斯行动队队员，常用棒打人，是个恶霸，他甚至还对地方政府的法令指指点点。

安塞尔莫也有个农场，和贾科莫兄弟俩家的挨着，他没少找机会欺压他们。有一次，他把四棵长得不错的果树据为己有，还在夜里拉起一张有刺的网，作为边界线；又有一回，在牲畜市场，他索要一头刚刚卖给兄弟俩的驴，兄弟俩只得把驴退回去，他再以低价买进来……

他总是把朱塞佩区别对待,因为有一段时间,朱塞佩曾是社会党的秘书。而贾科莫从没有从政过。

也不知从什么时候起,一条水流被农民们用来浇灌田地,大伙儿按时间和规矩取水,彼此相安无事。可有一天,水却再也没有流进兄弟俩的田地。

朱塞佩想弄明白缘由,却发现安塞尔莫在水流的上游拦住了水,加了一种锁,钥匙在他手上。于是,谁要想用水,就得去求他,付上一大笔钱。

这显然是不合理的,水是大家公有的。朱赛佩是第一个去找市长抗议的人。那个获得了"第一市民"荣誉的人,却因为安塞尔莫的意思,建议朱塞佩好生待着,忍耐下去。

可朱赛佩并不打算屈服。于是,一天早晨,他和弟弟一起,去找安塞尔莫理论。

很快,双方的争吵变成了打架,在场的几个农民都不敢上前劝阻。后来,安塞尔莫突然掏出一把折叠小刀,捅了朱塞佩几下,把他杀死了。

贾科莫正要上前救哥哥,却被阻拦,还被安塞尔莫的两个随从狠狠地打了一顿。

在案件诉讼中,杀人凶手的辩护律师颠倒黑白。他坚持说安塞尔莫是正当防卫，因为朱塞佩手握一把刀威胁安塞尔莫。当时在场的农民们和安塞尔莫的随从、律师众口一词。贾科莫连听审的机会都没有。安塞尔莫又自由了。

三天后，贾科莫牵着他的驴走在乡间，不过驴身上没像往常一样载着水果和蔬菜。他有些一反常态，从驴身上下来，走近尼娜家田地的围栏。

姑娘放下锄头，朝他走来。就像那次在教堂门口的相遇一样，他们用眼神向彼此诉说。

再后来，贾科莫骑上驴，去了广场。从驴身上下来，他把驴拴在一棵树上，慢慢朝咖啡厅的露天餐桌走去。一张桌子旁，安塞尔莫和他的两三个同志（法西斯党成员之间的称呼）像往常一样坐在那里。贾科莫掏出手枪，对着安塞尔莫，把满膛的子弹打了个精光。审判中，检察官要求判他死刑，认为他是政治犯罪。法官们并不认同，他们判他终身监禁。

从安塞尔莫被杀的那一天起，尼娜就照顾起了贾科莫的母亲，她找了一个信得过的人照看贾科莫家的小农场。她把自己一个人当两个人用，在地里从早忙到晚，在自己家里干，也在贾科莫家干。她含辛茹苦，小心翼翼地把该属于贾科莫的钱都攒起来。谁也没听她抱怨过什么。

她拒绝了所有献殷勤的人。甚至，当她的双亲故去，就连贾科莫的母亲也不在了的时候,她依然拒绝了他们。

再后来,战争来了,法西斯倒台。1959 年,尼娜俨然是个成熟的女人了,依然独居。当地一个年轻的律师准备干出一番事业,他要给贾科莫翻案。他做到了。贾科莫的刑期被减到了三十五年。于是,两年以后,也就是 1961 年,贾科莫终于获得了自由。

监狱门前,尼娜已经在那儿等他了。

他们相视一笑。

第二年,尼娜和贾科莫终于喜结连理。

故事就到这里。

26. 努齐娅

我祖父家的佃农有两个孩子,一个儿子杰朗多,大伙儿都叫他杰朗,一个女儿阿颂达,大伙儿喊她颂达。

我十来岁的时候,有一段时间,学校刚关不久,我就到乡下去和祖父祖母同住。埃塞俄比亚战争[1],杰朗在一艘鱼雷快艇上服役。参军走以前,他娶了一个远亲家的姑娘。这位姑娘就是努齐娅。

丈夫走以后,努齐娅来和公公婆婆住在一个小房子里。这

---

[1] 埃塞俄比亚战争,即埃塞俄比亚抗击意大利侵略的两次战争,分别在1894—1896年、1935—1941年。此处指第二次埃塞俄比亚抗意战争。

是祖父送给佃农的。我第一次见努齐娅的时候，是她来跟祖父祖母见礼，我觉得她像阿比西亚人（现称埃塞俄比亚人），因为她皮肤黝黑。我后来和她相熟些，成了朋友，知道了她的习惯，才明白这实际上是太阳晒的。她二十来岁，身体结实，挽着发髻，腿略粗，唇隆起，夏天的衣服紧紧地束在身上，好像刹那间就会被绷裂一般。

那时候，日上当头之时，我能在乡间闲逛上几个小时，牵着我的小山羊，我叫它贝芭。

有一天，太阳出奇地烤人，贝芭示意我，它急需喝水。我领它到一个蓄水池处，这是一个很大的水泥砌成的圆形水盆，一半在地下，这里积蓄的水是用来浇灌柑橘园的。蓄水池旁，是茂密的芦苇丛。我听见局促的呼吸声，停了下来，拨开一小丛芦苇看了看。

蓄水池旁，躺着努齐娅，她光着身子，在他身上的是萨罗。萨罗是柑橘园的看守人。我不懂他们在做什么。

我决定不打扰他们。我兜了很大一个圈子，才回到蓄水池跟前。萨罗已经不在了。努齐娅则钻在水里，水恰好没过她的脖子。她邀我脱了衣服去追赶她，但我害羞。

第二天，经过橄榄园的时候，我听见有人在喊我。我四下一看，却不见任何人。然后，我听见一阵笑声从头顶传来。我抬眼一看，努齐娅正坐在橄榄树的一根树枝上。她用一块布遮住胸部，另一块布夹在两腿中间。

"上来！"

我放开贝芭，爬了上去。坐在她旁边的时候，我问她为什么要爬树。

"不为什么。"

她正在吃一种不知是什么鸟的小小的蛋。我问她前一天在和萨罗做什么。她笑了，露出一口肉食动物一般的牙齿。

"我在做一件我喜欢的很美妙的事情。男人想要我做的时候，我就会去做。不过，你不要告诉任何人。"

我没告诉任何人，我成了她的同谋。

蓄水池处有一个小通道，直通水源。有一回我在那儿的时候，她和一个农民过来，这农民时不时会上我家干活。她和他进了那个通道。不过，她进去前嘱咐我说：

"要是有人找我，就说你没看见过我。"

大约半小时后，农民出来了，没看我一眼就走了。过了一会儿，努齐娅也出来了。

她的眼睛闪闪发光，脸上挂着满意的微笑，还喘着气。我觉得她更漂亮了，我告诉了她。

"我很开心。"她说着，坐了下来。

随后，我看见她做了一件不可思议的事情。她身子一直，定睛看向芦苇地。突然，她像一支箭一般跃起，腹部朝下扑倒。起来的时候，她右手里抓了一条长长的蛇，青绿色的，我知道这蛇没有毒。她把蛇缠绕在胳膊上。

她左手伸进衣兜，掏出一把随身携带的小刀，用牙齿把刀打开，砍掉了蛇头。然后，她又在我身边坐下，把蛇切成小段，并递给我一段。我摇摇头，一阵恶心。她就送进自己嘴里，一边嚼一边说：

"你知道有多好吃吗？"

后来，我再没碰到过她。我问祖母她去哪儿了，祖母说她病了。我把这都怪在了她吃的那条蛇的头上。可是，一天早晨，我听见祖父和他的儿子马思莫在谈努齐娅的事儿，马思莫有十来天没在家了。

原来，佃农听说她的儿媳妇经常和萨罗私会，他就盯着她，终于有一天逮了个正着。祖父在他请求下把萨罗解雇了。现在，他把努齐娅关在一个小屋子里。

"是畜生就用畜生的办法对待她。"佃农说。

我知道那个小屋子在哪儿。于是，有一天，佃农家没人的时候，我决定去看看努齐娅。这小屋子有一扇带铁栏杆的小窗户。我垒了一堆石头，站在上面，这才够到窗户的高度。窗上的小门半掩着,我没法看到里面。于是,我叫她的名字。她很快就回应我了。

"啊,是你吗?你打不开的。"

"为什么?"

"因为我被拴着。"

我办到了,我把手穿过栏杆,打开了窗户。努齐娅站着,在小屋中央,但她一步也动不得。她套着一个脖圈,上面连着一条短链,短链的最后一环挂在一个钉在墙上的铁钉上。

她冲我笑了笑,让我觉得好像她没遭什么罪。可我没忍住,突然就哭了起来。

后来,学校又开始上课。再后来,圣诞节到了,祖父祖母回到家乡。我想知道努齐娅怎么样了,于是在主显节[1]的早晨,借口去看望佃农和他的妻子女儿,赶忙跑回乡下,一直跑到努齐娅待的那间小屋跟前才停下来。我喊她,可没人应。于是,我开始一边跑,一边喊她的名字。突然,我听见有人答应了。

"我在这儿!"

她在葡萄园,土地被翻过。她刚用手挖开一个大洞。她挺着好大的肚子。

---

[1] 主显节,天主教及基督教的重要节日,纪念耶稣降生为人后首次显露给外邦人(指东方三贤士),具体时间为每年的一月六日。

Donne

"你怎么了?"

"我要生了。"

我正要走,她抓住我的手,让我留下来。她朝洞那边挪去。我在一旁,双眼死死地盯着她,心跳到了嗓子眼。我知道要发生什么,我见过贝芭生小羊羔。接着,努齐娅痛苦地呻吟着,发出沉闷的喊叫声。她使劲攥着我的手,攥得我生疼。

不过我很自豪,我觉得我成了一个男人。我听见了新生命的哭泣。那时,我才转过头看了看她。

"是男孩儿,"努齐娅说,"我给他取跟你一样的名字。"

27. 奥菲莉娅[1]

我从来不知道她的真名，于是我就私底下叫她奥菲莉娅。1943年7月的一个早晨，黎明的曙光前，我第一次见她。

已经三天了，我一直待在西西里的奥古斯塔（Augusta）[2]海军基地。我准备去塞拉迪法科(Serradifalco)，是内陆的一个地方，我的家人都在那儿避难。我的家乡在南海岸，那里盟军飞机日日夜夜轰炸个不停。

---

[1] 奥菲莉娅，莎士比亚名剧《哈姆雷特》中仅有的两个女性角色之一，中世纪丹麦宫廷中的一位美丽少女，坚守封建道德，保守而软弱，自杀而死。
[2] 奥古斯塔，意大利西西里岛东岸海港城市。

Donne

7月1号,我被叫去参军。没有军服,我穿着世俗的衣服,短裤、衬衫,还有凉鞋。他们只给了我一个袖章,让戴在左臂上,上面写着Crem,意思是皇家海军装备队。不过,我注定是个陆上的海军,那时已经没有船可以让我上了。于是,和其他像我一样的伪海军一起,我们被派去清理废墟,把尸体从里面拖出来。他们给我一把铁锹和一只行军水壶。几个小时的工作以后,水壶就空了。

在一个避难所,我们睡在上下铺。晚上,我们倒在铺位的杂草堆上,鞋也不脱,累得不成人样,跟牲口一般酣睡过去。

7月10日早晨4点,一个同伴叫醒我,他告诉我,盟军正在杰拉(Gela)和利卡塔(Licata)登陆。我的脑子立马清醒起来。我站起来,背上包袱,里面是我仅有的备用物品。我出了避难所,摘下袖章,扔进身后的一个灌木丛中。我央求一辆开往墨西拿(Messina)[1]的意大利军用卡车搭我一段路程,此时的奥古斯塔正遭受着一场来自空中和海上的大规模轰炸。

我开始了一段地狱般的旅行。那卡车过了卡塔尼亚(Catania)[2]以后,因为被一颗小型炸弹炸到,已经不能再开了。于是,我们用上了边车。一路上,我站在车里,天上的飞机只

---

[1] 墨西拿,意大利西西里岛第三大城市,位于该岛东北端,隔墨西拿海峡与意大利本土相望。
[2] 卡塔尼亚,意大利西西里岛第二大城市,位于西西里岛的东岸。

但丁的女人

要发现任何移动的物体，就是一连串扫射，这不间断的射击声成了一路的伴奏。

到了目的地，已经是晚上了，还不清楚是怎么回事，在首先映入眼帘的一些房子前，我看见我们军队的一辆卡车正停在离一个军营不远处的小广场里。军营里好像空无一人。但岗亭里带着装备的战士却表明，情况并非如此。

岗亭里有一名军人，二等兵，站在指挥的位置上。

我走过去，问他是否正好有车出发，能载我去内地。这位四十来岁的博洛尼亚[1]人很热情，他回答我说，明天一大早的时候，他会和一个排的战士去圣卡塔尔多。我像突然听到了节日的钟声，在我心底敲起。从圣卡塔尔多到塞拉迪法科，只有几公里，我可以走过去。然后，他对我说，现在他要去一个朋友家过夜，如果我愿意的话，可以上岗亭里，在那儿睡。在那些日子，可别说什么命令和纪律铁如山，相反，很多西西里人像我一样，思想总是开溜。

这天早上的时候，我从一个农民那儿弄到了一把干豆荚和角豆树果。我把它们按量分好，吃了晚上那份，喝了口水，就准备睡下了。军营的门是关着的，一个守兵也没有。广场上，

---

[1] 博洛尼亚，意大利城市，位于波河平原南缘、亚平宁山脉北麓，是意大利北部的历史文化名城，老城内两座建于中世纪的姐妹塔楼（一高一矮）闻名遐迩。

我只看见一个一瘸一拐的老者。对我来说,那个岗亭一踏进去,就感觉到舒心惬意,整个空间都是我的,像一个豪华宾馆的房间一样。但里面非常热,尽管窗户已经打开了。

爆炸声把我惊醒了。黎明的光亮很刺眼。飞机应该飞得很低,炸弹爆炸声震耳欲聋。炸弹落得很近,有两三颗把卡车都震得跳了起来。我看见广场周围的房子后面,一阵阵的火焰和热浪。我动弹不得,就算我能动,我又能逃去哪儿呢?

后来,我什么也看不见了,像升起了白色的浓雾,遮盖了所有的一切。玻璃灰蒙蒙的,之前并不是这样。几秒钟后,一切都结束了。我听见了救护车的鸣笛声、汽车的喇叭声,只是没有人的声音。军营的大门依旧关着。

早上突然刮起大风,浓浓的白雾才略微散去。

这时,我才看见,在我左边的一条路上,有一个影子正朝着卡车挪去。这轮廓很难辨认,白色的浓雾像一块厚布把它包裹,像风推着一席被单,又像一个穿着白色长睡衣的人。我把头探出窗外想瞧个究竟,努力睁大我那近视的眼睛。那难以辨明的东西还在往前,突然,笼罩着它的最后一重雾散去,这才显现出真面目来。我背上打了一阵冷战。那是个很年轻的姑娘,她赤着脚,穿着睡衣,低着头,看着抱在怀里的一个包裹。应该是个新生儿。

但丁的女人

　　她一走进广场，就有一辆车从她身边飞驰而过。她竟然像什么也没注意到，连一个躲闪的姿势都没有，没有……或许，她眼睛看不见？但就算是瞎了，也总能感觉到刚刚死神的擦肩而过吧，难道……

　　我跳下岗亭，朝她跑了过去。我站在她面前，准备开口同她讲话，注意到两件事：第一是，她没有朝我看，尽管她不是瞎子；第二是，她正在低声地给一个抱在怀里的布娃娃唱催眠曲，歌声里满是爱意。

E dalaloo...

E dalaleddra...

Lu lupu si mangiò

la picoreddra...

"你叫什么名字？"

　　她应该是没有听见我的问题。她站在那里一动不动，因为她注意到了我这个障碍物；假如我躲开，她应该会像个机器一样继续往前走。于是，我退后两步，她便往前两步。就这样，我把她引到了卡车跟前，推着她的肩膀，让她上了岗亭。我拔开行军水壶的木塞，把水壶递给她。她不动。我把它放在她嘴边，她喝了几口。

"你觉得好些了吗？"

她没有回答我。她紧紧抱住怀中的布娃娃，又开始唱了起来。我不知道该怎么办。她是个漂亮的姑娘，顶多十七岁。这么看着她，我有些尴尬，因为她睡衣下面什么也没穿。我有些害怕，一时间，我真希望那个博洛尼亚人赶紧来。我敢肯定，姑娘一定是被住处发生的爆炸吓到了，这才心神不宁。或许，什么暴力行为能帮她恢复正常。于是，我迅速夺下她手中的布娃娃，扔在她脚下。她连反抗的时间都没有，可是她竟像个孩子一般哭了起来，沮丧、悲痛、令人心碎。大滴的泪珠滚落在脸颊，抽泣得肩膀直晃，她用鼻子吸气，不想一串鼻涕已然滑到嘴边。手惯性地垂落在膝上。她没有弯下腰去捡布娃娃，也许是她看不见。一阵巨大的悲悯袭上我心头。

"别这样，我把它给你！你的布娃娃！"我喊道。

我弯下腰去捡。可我的头一到她的胸前，她竟突然抓住我的手，往胸部靠，她开始幻想起来，又唱起了摇篮曲。

我闭上眼睛，自我放逐。那摇篮曲，我的母亲曾为了哄我睡觉，唱过很多遍。就几分钟的时间，奥菲莉娅完成了奇迹。不再有战争，不再有死亡和毁灭，万籁俱寂，和平和宁静慢慢消解了恐惧、不安、害怕，还有苦闷。我发现，我正不自觉地哭泣。

"这儿发生了什么？"那个博洛尼亚人此时正好回来了，他问道。

回答他以前，我捡起布娃娃，把它放在奥菲莉娅手中。然后，我从岗亭上下来，跟他讲了一切。这个博洛尼亚人丝毫没有犹豫，就说："离这儿没几步，有一个修道院。我们赶紧去。"

但奥菲莉娅不想从岗亭上下来。在我的坚持下，她下了决心："你！"

她伸出一只手。我拿起她的手，她紧紧地攥住，就这样，我带着她走出了岗亭。

我们就这么走着。她一只手牵着我的手，另一只手紧紧地捏着布娃娃。那博洛尼亚人敲响了修道院的门。两个修女来给我们开门。我跟那位年长的修女说了事情的经过。

"交给我们吧。"

但奥菲莉娅并不想松开我的手。是那个修女说服了她，在她耳边不知说了什么。她在年长修女护送下走过那条长廊的时候，我的目光一直跟随着她。在转角处，她停下来，扭过头，看着我。我印象很深，她在冲我微笑。

我们回到广场的时候，一个排的战士已经在那儿了。准备出发。

28. 奥莉安娜

我不知道她的真名，奥莉安娜是她的艺名，干那些痛苦的营生时才用的名字。

那时候，有个约定俗称的惯例，意大利妓院的姑娘们每十五天都会从一个妓院换到另一个妓院，这就是所谓的"十五天制"，好让那些常客们一个月有两次尝到鲜的机会。

1943年6月中旬，奥莉安娜和她的五个同伴来到了我家乡的妓院——夏娃公寓。

公寓的大厅里人很拥挤，每新一轮十五天的第一天，都是这么拥挤。妓院的老鸨在让姑娘们现身以前，对大厅里的众人说，找新来女孩奥莉安娜的人，一定要遵守一些规则。

规则是这样的，因为奥莉安娜很老练，她十五分钟，最多半小时接待一位客人，时间不会再多。另外，向她提一些特殊要求是没用的，她都会拒绝。

老鸨叮嘱大家，要谨遵这些规则，她们的收入微薄，还有一部分要给当局缴税。哪个当局，她没具体说。

唧唧咕咕的抗议声自然是有的，但当姑娘们走进大厅，特别是奥莉安娜出现在大家眼前时，四下里一片寂静。其他姑娘穿着半敞开的浴衣，让看客们隐约窥见她们的身体，奥莉安娜却身着短裙和衬衫，木讷地朝前走着，也不笑，一幅拒人千里之外的样子，好像她是不小心到这儿的局外人。她三十岁的样子，精致、漂亮、个子高挑，铜色的长发披在肩上。

她并没如惯例那般萦绕在客人们身边，同他们打情骂俏，而是找地方坐了下来，坐在一个小沙发上。然后她向四周看去，表情冷静，并没有诱人前来的意思。

一个十九岁的高中生，叫托多·法鲁吉那，央求了多次以后，成了她的第一个客人。他说这姑娘很像他的数学老师，数学老师曾给他判过不及格，他这是要雪耻。

他下来的时候，很多人问他：

"怎么样？"

"棒极了！"

那晚，找奥莉安娜的客人源源不断，她没有一刻休息的时候。

第二天，发生了一件意想不到的事。来了六个法西斯将领，领头的是阿格里真托的法西斯党委副书记帕斯奎诺托。他们闯进妓院，把客人们都轰出去，换他们来。将领们和老鸨商量，要让姑娘们一直服务他们到关门的时候。他们会付整晚的钱。

帕斯奎诺托选了奥莉安娜，让她陪自己待上四个小时。

奥莉安娜坚定地拒绝了。看在他是法西斯的党委副书记的份上，奥莉安娜说时间可以延长到半小时。帕斯奎诺托火了，去找老鸨抗议。老鸨把奥莉安娜拉到一边，动之以情，晓之以理，奥莉安娜终于屈服了。

才过了一个小时，奥莉安娜便大喊着从卧室里跑了出来，一下子扑到老鸨身上。老鸨上去，进屋一看，也不禁喊了起来。另外五个将领，光着身子，停下他们的活儿，也跑来看。

帕斯奎诺托横躺在床上，歪着嘴，舌头伸在外面，眼睛直瞪着。他是猝死。"这是一种致命的梗塞。"被秘密唤来的医生夏奇塔诺说。

剩余的将领把尸体包裹好，装进车里，他们让姑娘们缄口不语，对这件事保持沉默，便回了阿格里真托。

但那晚发生的事情还是人尽皆知。

很快，流言四起。有说奥莉安娜的床上功夫了得，一个普通男人只能承受有限的一段时间，也就是十五分钟到半个小时。时间要是超了，就有丧命的风险。

"奥莉安娜的拳头很厉害，"圣提诺教授解释说，"一两拳你还能忍，五拳就能要了你的命！"

三天后，来了一个飞行员中尉，他是个王牌飞行员，得过银奖章，曾多次亲眼看见过死亡。这次，他想挑战一下，能不能在奥莉安娜身上待过一个小时。他苦苦央求奥莉安娜，最终她还是答应了。

中尉走上楼梯，他一手搂住奥莉安娜的腰，一手举起来，回敬那些看客们的祝贺和煽动。

一小时五分钟以后，他毫发无损地下来了，面带微笑，在场的人都为他鼓掌。

于是，圣提诺教授的论断便不攻自破。

有人说，很明显，这是帕斯奎诺托这位法西斯党委副书记没能力，跟所有的法西斯一样，和奥莉安娜的拳头没关系。

这个新的观点传到了当地法西斯党委书记的耳朵里。三天后，他派部下去找老鸨，下令说，半小时以后，所有客人必须撤离妓院。后来，他身穿军装现身，跟老鸨打了招呼，傲慢地宣布说：

"我是来挽回法西斯的荣誉的！"

和他一起来的，还有他的三个穿着黑衬衫的亲信。不过，这位法西斯党委书记是要准备冒险了。他向奥莉安娜要了半个小时，奥莉安娜也悉听老鸨教诲，不会耍什么花样。

三十五分钟以后，这位法西斯党委书记走出了奥莉安娜的房间，他的脸上挂着胜利者的微笑，走廊上，他的随从们站在那里，目光紧随着他。

"大功告成！同志们，向法西斯致敬！"

"致敬！"

他准备下楼，到楼下的大厅里去。十级的楼梯，刚迈出一级，他便摇晃起来，一只手扶在心脏处，瘫软下来，顺着台阶，惯性地滚了下去。

夏奇塔诺医生好容易才让他苏醒过来，吩咐将这位法西斯党委书记迅速送往医院治疗。后来，消息不胫而走，当地的法西斯们丢尽了颜面。

于是，年过花甲的圣提诺教授生平第一次光顾了妓院，他请求奥莉安娜给他一刻钟的时间。奥莉安娜同意了。

在那一刻钟里，教授却并没有做什么，只是问了女孩一些

Donne

问题。

这才知道，奥莉安娜是博洛尼亚人，十八岁的时候就当了女工。后来因为是铁路工人的女儿，遭到解雇。他的父亲二十年前因为是社会党人而遭解雇，后又因密谋叛党被逮捕。

奥莉安娜是家里唯一的依靠。当小学老师的母亲，由于不愿拿法西斯的证件，丢了饭碗。

奥莉安娜为了养活自己和父母，不得已过起了这样的生活。但是，政治警察介入，担心奥莉安娜会利用职业之便，宣传社会主义思想。所以，客人和他接触的时间不能过长，最多一刻钟。

"她在思想上是厌恶法西斯的，所以法西斯党人出现在她身边，她便要消灭他们。"教授是这么解释给他那个圈子的人的，"反正事实摆在眼前，那位飞行员中尉就平安无事。"

从那天起，法西斯党人再没来过这家妓院。去那儿就意味着反法西斯。

十五天的期限到了以后，这批妓女并没有被换到别的地方去，因为盟军的攻击，到处战火纷飞，枪林弹雨，去哪儿都是不可能的。妓院关门了。女孩子们也各自散去。

奥莉安娜因为反法西斯有功，被库阿那齐亚律师聘为家里的女佣。这位律师是社会党的元老，曾因为自己的思想而遭受了牢狱之灾。美国人抵达我家乡港口的三个星期以后,反法西斯委员会里,奥莉安娜也成了其中一分子。她眼中含着泪,手中紧攥着一面红旗。

29. 普 奇

普奇的真名叫爱丽贝塔(Eriberta)。要完整地写下她的名字，包括附加的头衔什么的，恐怕一页纸都不够。她是宜人的地方侯爵夫人，欢乐的地方伯爵夫人，名胜的地方男爵夫人。她的身份显贵，简直无人能及。这种与生俱来的高贵，根本无须名片佐证，她身体里流淌着百分百的高贵血液，优雅之气现于举手投足之间。她与别人的关系，一个简单的对话，都显出一种与众不同，以及若有若无的界限，尽管这并非她本意。

我认识她，是在米兰，经一个导演朋友介绍。普奇在她生长的地方很少露面，除非是赶上什么孩子降生、婚礼或是葬礼。

其他时候,她都和那些"艺术家"在一起。她说"艺术家"这三个字的时候,你真能听出引号的感觉。

后来,有两件事引起了我的注意。第一,艺术家这个词对她来说范围很广:有画家,也有那些专画圣母肖像的人;有演员,也有街头艺人;有音乐家,也有餐厅的吉他手或者曼陀林[1]的演奏者。对她来说,他们都没什么差别。一个三流的马戏团小丑和毕加索是可以平起平坐的。她面对达·芬奇的《蒙娜丽莎的微笑》,以及业余爱好者的没什么艺术价值的画,都能表现出同样的心醉神迷。第二,尽管她在瑞士和英国念了专门的大学,她表现出的无知却着实惊人。

她能把索马里放在南美,混淆加里波第[2]和墨索里尼,认为是马可尼[3]发明了冰箱,又或者是加富尔[4]发现了美洲。

她跟我们谈这些谬论的时候,表情冷漠,轻盈媚惑,竟无人敢反驳。

---

[1] 曼陀林,拨奏弦鸣乐器,音色明亮且纤细。在意大利(尤其是在南方),曼陀林主要是民间乐器。
[2] 朱塞佩·加里波第(1807—1882),意大利爱国志士及军人,意大利建国三杰之一。由于在南美洲及欧洲对军事冒险的贡献,他赢得了"两个世界的英雄"美称。
[3] 伽利尔摩·马可尼(1874—1937),意大利无线电工程师、企业家,实用无线电报通信的创始人,1909年获诺贝尔物理学奖,被称作"无线电之父"。
[4] 米洛·奔索·迪·加富尔(1810—1861),意大利王国第一任首相、意大利统一时期自由贵族和君主立宪派领袖,建国三杰之一。

但丁的女人

她去电影院要有人陪同，这人得有足够的耐心来给她讲解电影。她不懂电影里的蒙太奇，渐隐淡出的镜头总让她晕头转向。

但她一点儿也不蠢。有时，她的精辟犀利的观点又总能让我们为之一震。

她在场的时候，就算是遇上令人激动兴奋的话题，我们也避免言辞过多，以免招来她的纠正。她不会明确地问我们什么，但总是不经意地插进来，我们都以为她是故意为之。

她通常穿的衣服遮挡了她的身材。她个子高挑，脸形有点儿像马脸，但却很迷人，黑色的头发编成辫子顺在颈后。她的眼睛很漂亮，黑眼珠，很深邃，眼神有时飘忽不定，有时又十分警觉。

一个月里面，她会消失那么两三天，谁也不通知。过后，她会给我们解释，她的未婚夫从奥地利来找她了。她的未婚夫是个西班牙的贵族，她告诉我们，他的姓也跟她的一样长。她只跟我们说，他叫罗德里戈（Roderigo），就再没别的了。

她从不改变，也从不会失掉冷静，从来都是一个样子。我的导演朋友弗雷莫（Flem）曾对我说，有一次他和她去剧院，大厅里突然爆发了一场小火灾，并没出什么大事，观众们却立刻恐慌起来，所有人都推搡着朝出口涌去。我的朋友也准备逃，却被普奇勒令留了下来，她面色冷冰，对那些恐慌中的人们制造出的闹剧嗤之以鼻。

"告诉这些人,让妇女和儿童先走。"

我的朋友双手拢在嘴两边,大声喊道:"妇女和儿童先行!"他深深觉得可笑。

普奇是倒数第二个出来的。她本来坚持让我的朋友先出来,未果。

一晚,为了庆祝生日,弗雷莫邀我前去吃晚餐。我到得有点迟,餐桌上,除了我的朋友,还有普奇和一个漂亮姑娘阿雷西雅。阿雷西雅是个时装模特,她每次都陪弗雷莫一同出入。普奇和阿雷西雅是第一次见面,但两人却相处得很融洽。

每次和普奇吃午饭或是晚饭的时候,看着她吃饭的样子,我总是很着迷。她用餐具时,动作精准优雅,像一个外科医生正在使用手术刀。她咀嚼食物的时候,一点儿声响也没有。她的盘子里从不剩下什么,因为食物的分量都是事先向服务员仔细说明过的。

晚饭后,弗雷莫带我们去他住的地方喝点东西。他打开一瓶香槟,给我们满上。普奇是个不喝酒的人,但为了让弗雷莫尽兴,还是喝了一点儿。喝完三瓶以后,我们改喝威士忌。为了陪我们,普奇也喝了一点儿。后来,当我们渐入佳境的时候,普奇像在沙发上睡着了。过了一会儿,阿雷西雅说太热,于是脱掉了衬衫，里面什么也没穿。我倒吸一口气。

"真是太棒了！"我惊叹，"你的胸部真是棒极了！"

突然，一声号叫让我们毛骨悚然。

声音来自沙发上。我们都以为普奇睡了，她却站在那里，清醒得不得了，两眼放光。

"听着点儿，混蛋！"她冲我喊，"胡说八道之前，看看这些！贱人！"

她闪电般地把罩在身上的衣服从头脱到腰际，摘下胸罩，用手托着乳房，朝前走，递到我鼻子下面。然后，她又把目光转向阿雷西雅。

"把裙子撩起来，婊子！"她命令道，把一个空了的香槟瓶举到脖子的高度。

那姑娘吓坏了，立马照做。

"转身，臭不要脸的！"

她轻蔑地看了一眼阿雷西雅的后背，然后转过身看着我和弗雷莫，向我俩挑衅，掀起自己的裙子：

"我们来比比屁股，怎么样？"

在说了她的身体独一无二之后，我们好容易才让她平静下来。车开往她住处的这一段路上，吵闹更是不断。

她问巡夜人，问道路清洁工，问那些晚归的人，觉得她的胸怎么样,用一种让人听起来都脸红的语言。

第二天,她又成了一贯的普奇,优雅端庄。

也许,尽管次数很少,那晚,她给我们展现了贵族的另一面。

30. 葵莉提

在里约热内卢[1]，我导演的有关马基雅维利[2]的戏剧被邀请到当地大学演出。当我站在他们提供的大舞台上介绍这出戏的时候，我发现，密密麻麻的观众大多都是年轻人。这出戏时长一个半小时，中间没有幕歇，这个节奏很疯狂，也很带劲。

演出结束的时候，全场沸腾了。很多年轻人立刻从观众席

---

[1] 里约热内卢，巴西第二大城市，"狂欢节之都"。濒临大西洋，海滨风景优美，为南美洲著名旅游胜地。救世基督像是该市的标志。
[2] 尼可罗·马基雅维利（1469—1527），意大利政治思想家和历史学家，近代政治思想的主要奠基人之一，主张国家至上，将国家权力作为法的基础。代表作为《君主论》。

上涌上舞台，拥抱与他们同龄的演员们。这激动人心的场面，个中情景，令人难以名状。我下到观众席上，准备体味一下这从未在剧院见过的亲昵场景。

一曲十来分钟的萨拉班德[1]舞之后，二十一个演员和走上台的观众们互相拥抱。筋疲力尽的我坐在观众席上，紧张褪去后，转而袭来的便是疲惫。舞台上的灯光灭了，只留下大厅里的照明灯。我起身准备走，昏暗之中，这才发现，有人坐在观众席的最后一排。我走过去。原来是个二十来岁的姑娘，面容姣好，很是可爱。她也站起来。她棕色的头发，个子不高，穿衬衫和牛仔裤，身材比例很好。

"你真棒！"她用意大利语对我说，带着巴西口音。

"谢谢！你在等人？"

"不，我在等你注意到我。懂吗？"

她抓起我的手，把它放到心脏的地方。我听得不是那么真切，也因为她好像不大知道心脏的具体位置，所以拿我的手在周围触摸。

"我叫葵莉提。"

---

[1] 萨拉班德，西欧的一种古老舞曲。据传16世纪初由波斯传入西班牙；16世纪后期传入法国，演变成速度缓慢而庄重的舞曲；17世纪前半叶起，常见于德国古组曲，为其中四首固定舞曲的第三首。

但丁的女人

在到巴西两天以后,我已经对那些稀奇古怪的名字习以为常了。

"你来和我们一起吃晚饭吗?"我问她。

"我去不了,我和我未婚夫有个约会。你为什么不和我一起去?"

我答应了。我告诉剧务,晚上我不和演员们一起吃饭了,我和葵莉提出去一下。我们打了一辆车,她告诉司机科帕卡瓦纳(Copacabanca)[1]的一个地址。她带我来的地方是一个非常大的酒吧,在这里还能吃饭,来这儿的人,不仅仅是学生。后面的一大间房里,有三十张桌子,几乎都是满的。

在等她未婚夫的时候,葵莉提对我说,她是学法律的,下一年就毕业了。她会马上去一家律师事务所,她妈妈曾在那儿工作过。

亚伊麦来了,是她的未婚夫。这小伙子个子高,身体很健壮。他看见我,好像不大高兴。他坐下来,和葵莉提聊了很多别的事情,我什么也没听明白。然后,亚伊麦脸色阴沉,起身走了。

"我觉得你让我和你一起来,可真不是什么好主意。"我说。

她耸了耸肩,冲我莞尔一笑,摸了摸我的手。

---

[1] 科帕卡瓦纳,里约热内卢南区的一个街区,以四公里长的海滩著称。

"和你没关系,是昨天的事儿。我问一个助教有关我们学习材料的一个问题,亚伊麦开车陪我去助教家,但又不想上去。然后,我就下去了,因为晚了些,他就很生气,说我不知和那个助教搞什么鬼。"

"他这么爱吃醋?"

"唉,总这样。这次他占了理。但这真不是什么重要的事,为什么要这么计较呢?算了,由他去吧。现在我们点菜,我们吃我们的。"

这时,进来一位穿着优雅,看上去很漂亮、举止从容的女人,朝我们桌走来。葵莉提介绍说,这是她妈妈。这女人向我致歉后,和女儿低语了几句,然后同我握手,微笑,便离开了。

"你妈妈很漂亮。"我说。

"对。她还很年轻,四十岁,她有我的时候还不到十八。你真的喜欢吗?"

"嗯,对!"

"你要我告诉她吗?如果你愿意,你们可以结合。"

我为刚才的轻率感到不知所措。于是,我试图解释我不是她以为的那样的男人……

葵莉提理解反了。五分钟后,她叫来一个高傲的混血儿,让他坐在我们这桌,并在他耳边说了什么。这混血儿应允了。

他把一只手放在我的大腿上，摸了起来，然后一面冲我笑着，一面把他的大嘴凑到我嘴边：

"你喜欢我吗，意大利人？"

我被吓到了。我对葵莉提说，她弄错了，我不喜欢男人。她这才让那混血儿走开，静静地看着我：

"我就是想回报你的演出带给我的幸福感。但我不知道你想要什么，对不起。我们赶紧吃饭吧。"

我们吃完饭。她问我能不能给她些钱。

那时候钱不值钱，我从兜里掏出一大沓钱来。她拿了一些，起来去了另一个房间。我有些疑惑，也因为她问我要钱，有些失望。她回来的时候，拎着两个胀鼓鼓的塑料袋。

"能陪我去个地方吗？"

我们坐着出租车回到了城里，去了一个偏僻的小区，这里都是低矮的房屋，光线很差，到处透露着贫穷的气息。她带着我转了几个小时。于是，我看到了里约不为游客所知的一面。

葵莉提好像和谁都是朋友，妓女，靠女人卖淫为生的男人，乞丐，沦为小偷的孩子。她让我深入这迷失的人群中，他们甚至认为，这样的迷失是一种幸福的存在。这真是地狱的真实写照。每次她把手伸进袋子，就取出一只鸡腿，一块牛排，一个汉堡，把它们分给那些快要饿死的人，这些人不知如何才能站起来。

Donne

早上三点的时候,她让我陪她去地铁站。她累了,想回家。在车站,等车的时候,她拉着我的手,把我引到一个黑暗、偏僻的角落。

"如果你愿意……我们有五分钟时间。"她对我说,让我很清楚她指的什么。

我感谢她。我对她说,我很喜欢她,但我已经很累了。

她踮起脚尖,抱紧我,在我的唇上吻了一下。

地铁来了,她上去,我们相对望着,直到列车开走。

31. 拉莫娜

为了完成一个电视场景，我需要一个柔术演员和一个不错的镖刀手。柔术演员只要演好她自己的角色就可以了，但镖刀手得训练出演这一角色的演员，演员对这个一无所知。我告诉招聘的人，我首先需要一名镖刀手，两天后试戏。

来的这名镖刀手，四十岁，个高，男人味十足，下巴处胡须细碎，两腮和鬓角也蓄着长长的胡须。他叫贝德罗，出生在西西里的拉瓦努萨（Ravanusa）。

我跟他解释说，演员不会真的投掷小刀，作为靶子的女演员的支撑桌是事先做了手脚的，刀子已经藏在桌子里了，他的表演只要给人以飞刀入木的印象就可以了，实际上这一动作会非常快，是一个视觉上的小技巧。

我只需要他教给演员准确的动作以及站位就可以了。

贝德罗天生就有一种令人不安的恶狠狠的目光。

听了我的解释，那目光更是凶狠了：

"这样就行了吗？"

"当然！总不能让一个没什么经验的人往女演员身上扔真刀吧？"我也气不打一处来。

"我教过他以后，他就不是个没经验的了。"

"听我说，"我直截了当地说，"按照我说的做，就可以了。"

他满目仇恨地瞅了我一眼。这么多镖刀手，怎么就给我找了这么一位脾气大的？

第二天，试戏的时候，他没来。招聘处的人告诉我，这位镖刀手被警察带走了，因为头天夜里，马戏团的演出结束后，有个鲁莽的观众挑衅镖刀手的未婚妻，镖刀手就把人打了。

接下来的一天，他又回来了。在很短的时间内，他就成了他教授的那个演员的很好的朋友。后来，那演员告诉我，贝德罗对他的女朋友吃醋吃得厉害，简直到了受折磨的地步，这已经不是他第一次把别人打得送进医院了。他还说，要是他女朋友真背叛了他，他就会把那奸夫杀了。

"我猜，那姑娘也难以幸免。"我说。

"不，那姑娘不会，他太爱她了，不会伤害她的。"

那镖刀手完成了他的工作后，我找来柔术演员拉莫娜。

这是个迷人的姑娘，甜美，棕色头发，个不高，但身材极好，算是个极品。她第一次来试镜，就让所有在场的男人为之倾倒。

看着一位柔术演员在舞台中央翩翩起舞，和她就只有那么一步之遥，我相信，每一个在现场看到她的男人，脑子里想到的恐怕都不只是艺术吧。那一刻我觉得，所谓《印度爱经》[1]，也不过是小学的识字课本而已。拉莫娜对她带来的这种效果显然是了然于心的，她用力地表现着，随处流露着含情脉脉的眼神。那表演的确让所有的男人都拜在了她的石榴裙下。

由于排练都是在早晨进行的，第一天，拉莫娜受到了男一号共进午餐的邀请。第二天是和导演共进午餐。第三天是和男二号。我后来才知道，吃完午饭，拉莫娜一直到晚上七点都是自由的。因为她的伴侣有要求，所以才做了这样的安排。

第四天轮到我了，我是制作人。是拉莫娜提议的：

"你不想邀请我共进晚餐吗？"

---

[1]《印度爱经》，成书于公元4—6世纪的古印度性爱经典，是一本关于古印度人如何进行求爱、结婚以及两性关系的社会档案，是了解古印度爱情、婚姻和两性文化与社会风俗的重要读物。

我们吃饭的时候，为了避免误会，我对她说一会儿我还有事。吃到一半的时候，她漫不经心地问我，要是曼里科有几天不来，会不会给我带来什么损失。曼里科是个三线演员，但小伙子长得帅气。

"你开玩笑吗？还有三天我们就要拍了。为什么问这个？"

"问问而已。"

她起身，去打电话。回来的时候，她对我说，她给曼里科打电话了，他会过来接她。我明白她的意思，要和他待到七点。我把她留在餐厅，自己走了。

那晚，招聘处给我打电话说，曼里科不能来参加排演了，因为他住院了，有可能是头颅骨折。

"出车祸了？"

"哪里！他被柔术演员的未婚夫在一个小宾馆里捉奸在床。"

我简直如遭雷击。

"她的未婚夫是那个镖刀手？"

"怎么了，你不知道吗？"

第二天排演的时候，拉莫娜出现了，她很平静、从容，很幸福的样子。

"今天和我一起吃午饭。"我吩咐说。

我们在饭桌上的时候，我对她说，我需要一个解释。

"是你告诉贝德罗的吗？"

她看着我的时候，蓝蓝的眼睛如一片宁静的湖泊。

"不，那就太容易被发现了，我是让马戏团的一个朋友给他打了一个匿名电话。"

我看着她，惊呆了。

"能告诉我为什么吗？"

她笑，眼神恍惚。

"我的朋友，你不会，也永远无法想象，我和他之间的关系是怎样的奇特，怎样的难以形容！上帝啊，每晚都像昨晚一样！我们筋疲力尽地入睡，早晨六点的时候，还相拥在一起。前两个小时，贝特罗就是一头疯狂的野牛，他的双臂让我觉得自己快要被肢解，我央求他停下来，但他还是用野兽一般的力气继续。然后，突然间，他变得温柔起来，他求我原谅，他不断用那无尽的温柔把我占有，我太累了，所以……"

她继续说了很多，还描述了细节。我能做什么呢？我召集那些还没有和拉莫娜厮混在一起的人，告诉他们这有多危险。

好在，曼里科三天以后就回来工作了。但我却不敢告诉他，把他送进医院的，实际上是拉莫娜，只为了获取一夜之欢。

32. 索菲亚

她叫索菲亚,父母都是教师,她也读到了大学毕业,只不过读的文学专业,而且读得漫不经心。毕业后的五年,她做过代理、家教,后来她都厌倦了。年满二十八岁,她离开了家乡威尼托[1],她曾在那里出生,并和父母一起生活。她去了米兰。父母已经不能再养她了,她只得自谋生路。

她是个漂亮的姑娘,栗色头发,中等身材,体形很好,相当性感。她非常开朗、热情,很快便找到了在一家书店做售货

---

[1] 威尼托,意大利20个大区之一,位于意大利东北部阿尔卑斯山和亚得里亚海之间,首府是知名"水城"威尼斯。

员的工作。不费吹灰之力，一个月后，她就成了法比奥的情人。法比奥是书店的老板，五十来岁，已婚，是两个孩子的父亲。自然，索菲亚很有经验，只不过以前，她的关系都是一次性的，她曾笑着这么说。她从来没和同一个男人维持过两次以上的关系。

　　法比奥接到市政府的一项任务，要开始经常出差，于是便让索菲亚做自己的秘书，这样，他们的关系也能变得更稳定些了。然而，这种情况虽然表面上是很好的，却让他们的关系变得不如从前。法比奥发现，索菲亚变得成熟了，她对自己的性感有了认知，这让法比奥感到不自在。索菲亚要追求除了性以外更多的东西。没有找寻到的时候，她就会变得不满足。她的要求源源不断，这让法比奥感到疲惫不堪，会议上的他不再精神抖擞、睿智过人。不仅如此，在索菲亚身上，他还看到一种令人不安的侵略性，她好像要让他注意到他们之间年龄的差异，以及他不能完全地满足她。为了逃离这种处境，法比奥放弃了这一工作任务，于是，索菲亚回去继续做她的售货员，他们又像往常一样，在他为索菲亚租的公寓里见面。

　　法比奥尽管有时也尝试着改变，但他却没法斩断这关系，他的直觉告诉自己，如果他这么做了，一定会疯狂地想念她。但他也不敢承认，自己爱上了她。

　　一天早晨，索菲亚打电话给他，说她不能来书店了，她感冒了，还有点儿发烧。法比奥抱歉地说，他不能如她所愿去找她，下午他和别的书商有个会，时间估计会很长。会议很早就定下来了，索菲亚是知道的。女孩回答说，不用担心，她会在床上躺着，烧会慢慢退去，第二天情况应该会好转，她会去上班。挂电话前，法比奥提议说，晚上一起去吃饭，然后一起待上两个小时。索菲娅笑了，她觉得这主意很好，已经有五天他们没有做过了。

早上晚些的时候，他们告诉法比奥，会议取消了。于是，下午他便待在书店里，关门以后，他决定给索菲亚一个惊喜。他走进一家烤肉铺，买了鸡肉和薯条，还配了一瓶葡萄酒。

停车的时候，他注意到，卧室的百叶窗关着，说明索菲亚躺下了。他用钥匙打开大门，坐电梯来到三楼，走进去，关上门，没发出一点儿声响。

在小小的客厅，他嗅到了一股闭塞的、谄媚的味道。整个公寓，除了卧室，其他地方都一片漆黑，好像两天没透过风了。屋里热得让人喘不过气来，自动加热的设备运转得很好。

接着，他看见了衣柜大镜子里的镜像。索菲亚是个镜子迷，家里放了很多镜子，什么大小的都有。有一阵子，他们发现，客厅的镜子，因为角度的缘故，如果卧室门不关，恰好能映出索菲亚的床。

Donne

床边，索菲亚在那里，赤裸着，身上淌汗，湿淋淋的。还有一个书店的客人，三十来岁，体格健壮。索菲亚跪在他的双腿间。

法比奥瘫在一把椅子上，闭上眼睛。他不能做任何动作，说不了一句话。接下来，他没有冲进卧室，强迫自己在外面静观。他看见索菲亚的侧面，她的脸被头发遮挡着。她的动作很缓慢、均匀、平稳，好像海面的波浪。他记得，有一天，索菲亚曾对他坦白说，她有一次在船上做爱，她感觉到和自己，和世界，是那么的和谐。

突然，那年轻人把手放在她的后颈处，索菲亚猛地一把推开。

法比奥明白，她是想在自己的魔圈中自在，独处。

对，独处。

给那年轻人愉悦感是次要的，完全可以忽略。重要的是，不要在她和她要达到的愉悦之间，破坏宇宙一般的节奏。那年轻人显然不是她想要的。……

现在，从法比奥的位置，终于能看到索菲亚的正脸了。索菲亚喘息着，伸出舌头，舔着脸上的汗水。但这不够，她还用床单把脸擦了擦。那年轻人在她身后。……

现在，看着她的正脸，法比奥读出一种紧张的表情。她分外专心，眉头紧蹙，双唇紧绷，她是在排除外部世界的干扰，努力聆听自己的声音，这种神奇的东西正在她的身体里酝酿爆发。

突然，她睁开眼睛，迅速左右转动眼珠，然后眼珠向内翻，像要审视内心世界。她在聆听,仔细地感知着肉体的每一丝悸动。她会短暂地翻白眼，只留下两只白眼球。法比奥很确定，她这么做是为了彻底赶走真实的外界，好让自己成为宇宙间唯一活跃和跳动的点。

索菲亚撑着手肘，双手合十。她的唇迅速翻动着，说一些只有她自己才能听到的话。

她在祈祷吗？如果是，那她是在向哪一位神祈祷？

维纳斯的女祭司们也曾是这样祈祷的吗？

祈祷应该是达到了高潮，因为索菲亚突然蜷缩起来，她的额头触到床单上，双臂环抱住头部，把自己封闭在一个蜷曲的状态，不让她正在感受的使她震颤的力量跑出分毫。她好像在哭泣。突然，她跳起来，又伸展着爬下来，腹部向下，手内旋，撑着上半身抬起，像只蜥蜴一样，大张着嘴。

不，她这可不是母螳螂要削去公螳螂脑袋的架势。索菲亚尖叫一声，然后沉默下来，她很满意，获得了深深的满足感。

于是，她看向那青年：

"现在你穿衣服，走吧！"

说时迟，那时快，法比奥赶紧起身，抓起包，出门，轻轻关上门。

路上，法比奥决定，不把看到的一切告诉索菲亚。她背叛他，他并不感到惊讶，她是在进行一种只有她才有的生命的秘密仪式。

进家门前，法比奥给索菲亚打了电话。索菲亚声音沙哑。

"你在睡觉吗？"

"这一天也没干别的。"

"你觉得怎么样？"

"都好了。我现在很好。明天我会去上班的。"

"晚上我们在一起待一会儿，好吗？"

"我也正想呢。"

"我爱你。"

"我也是。"索菲亚说。

33. 特奥多拉

你可以从拉文纳[1]圣维塔莱大教堂[2]的精湛镶嵌工艺中，欣赏到她的美。她是特奥多拉·比桑齐奥，是查士丁尼（Giustiniano）大帝[3]的妻子。画面上，她立于那宏伟庄严的王

---

[1] 拉文纳，意大利北部城市，位于距亚得里亚海 10 公里的沿海平原上，以古罗马特别是西罗马帝国时期的建筑遗迹著称。

[2] 圣维塔莱大教堂，建于公元 6 世纪的拜占庭建筑，教堂的室内采用了大理石和玻璃马赛克进行装修，柱头部分镂空雕刻，无论从色彩还是从马赛克壁画的题材方面都具有拜占庭建筑梦幻般的华丽风格，有"西方的圣索菲亚"之称。

[3] 查士丁尼大帝（约 483—565），东罗马帝国（拜占庭帝国）皇帝（527—565），在位期间多次发动对外战争，扩大领土，下令纂成《查士丁尼法典》等四部法典（总称《民法大全》），为罗马法的重要典籍，对后世法律影响很大。

室气派中，头顶华丽的宝石王冠，王冠上垂下珍珠链子，脖上戴着硕大的珠宝项链，身着绛红色的奢华披风，身后随着宫廷贵妇们的队伍。

历史学家们认为，特奥多拉不只是查士丁尼的妻子。查士丁尼曾解放哥特人[1]，并将罗马法集成一部统一的典籍，可以说他为我们当今世界的司法文明奠定了基础。特奥多拉是第一个参与到国家事务中的女性，她还是一些重要的社会改革的发起者。

此外，不容忽视的是，她是一个懂得展现个人巨大勇气的人。

普罗科皮奥·切萨雷阿（Procopio di Cesarea）[2]是查士丁尼时代的历史学家。他记录了在尼卡起义[3]中，特奥多拉对皇帝的将军和大臣们所说的一段令人意想不到的话。这些人当时除了知道逃命，别无其他拯救国家的办法。特奥多拉强力干涉那些和她意见相左的观点，蔑视和讽刺的态度溢于言表：

---

[1] 哥特人，东日耳曼人部落的一支分支部族，分为东哥特人、西哥特人。历史上，哥特人是首批劫掠罗马城的蛮族势力。
[2] 普罗科皮奥·切萨雷阿（约490—565），拜占庭历史学家，著作包括战争史、建筑史、秘史等。
[3] 尼卡起义，公元532年1月在拜占庭首都君士坦丁堡城爆发的平民起义。尼卡为希腊语，意即胜利。起义因参加者高呼"尼卡"而得名。起义最终失败。

"我认为，在目前的情况下，一些不得体的事情是可以被忽略的。一个女人比男人更有勇气，提出需要胆量才获得的解决方案，不像那些只知道害怕的人……"

她说服所有人抵抗。于是，查士丁尼又打了一次胜仗。

不过，有一件事情很明显。普罗科皮奥表面上为她歌功颂德，却在自己私藏的秘史里，对她侮辱、诽谤、谩骂，好像要脱掉她那奢华的披风，无情地把她赤裸的样子展现在我们面前。

普罗科皮奥并不放过这位王后的出身和她那悲惨的少女时光。

秘史饶有兴致地诉说着特奥多拉成为王后以前堕落的生活，情节连贯，细节入微。

但是，这样写不是更好：她在堕落的生活中被迫生活？

阿卡齐奥是个驯熊人，他很年轻时就去世了，留下妻子和三个女儿。科米托是长女，那时才七岁，还有特奥多拉和阿娜塔西雅。

她们的母亲和一个穷男人生活在一起，由于三个姑娘都出落得漂亮，母亲便寻思着让有了一定年纪的科米托去做妓女。

普罗科皮奥写道，很快，科米托便在她的那些同伴中崭露头角，甚至变得耀眼，有钱的客人们都对她趋之若鹜。妹妹特奥多拉给她做助理，那时特奥多拉还只是个孩子。这里，我更想引用普罗科皮奥的原话。

"尽管那时的特奥多拉还没有一个女性的成熟,不能同男人们寻欢作乐,她却常常和一些男性奴隶混在一起,用这种肮脏的方式寻求发泄。在妓院,她常利用自己的身体来弥补美貌的不足。青少年的时候,她成了一名低等妓女。"

不过,她到底是闯出了一片天地,或者说至少上升了几级社会阶层。按照普罗科皮奥所说,特奥多拉不会任何乐器,也不会跳舞,她唯一能拿得出手的,便是她的身体。于是,她进入了当时的滑稽剧团,四处演出。

普罗科皮奥继续写道,她常常在舞台上脱光衣服,只剩下腰间的遮羞布。不过,她也不是一直都戴着它,她有一个著名的"节目":让鹅去啄撒满她阴部的大麦粒。

普罗科皮奥承认她很聪明,很智慧,她有一种生活哲学,让她就算是遭受拳脚或侮辱,仍能笑着面对。她通常的解决办法是,脱光了给大家前前后后地展示,正如这位历史学家所写,展示这些"男人们不应当见到的部位"。

这位历史学家对其所写的有关她的内容仍不满意,他甚至大放厥词,说特奥多拉吃午饭的时候,会让至少十个青年男子伺候左右,这些人身体强健,性经验丰富,午饭后,她会和他们寻欢作乐,直到让他们精疲力竭。然后她会让他们一个一个做她的仆人,"就这样,也不能满足她的性欲"。

后来,有一天,查士丁尼去看滑稽剧团的一个表演,特奥多拉正好参演。查士丁尼被她吸引住了,并让她做了自己的情人。公元525年,他娶了她,让还未满三十岁的曾经的剧团演员成了东罗马帝国的王后。

这样的举动恐怕只有查士丁尼才能做出吧,并且没有引发任何不满和抗议。

关于王后的行为,普罗科皮奥并没有留下任何恶言,只是说,她先成了查士丁尼的情人,后来成了他的妻子。这一事实是无可非议的。

他只是轻描淡写地写道,她和丈夫一起醉心于神秘学,他们探究生死的秘密。特奥多拉试图获得在西方不为人知的神秘东方科学,那时候她是有这样的条件的。不需要查士丁尼的提醒,特奥多拉就不能也不愿忘记儿时所遭受的极端贫困。她让丈夫颁布有利底层劳苦大众的法律,便是证明。

的确,这位曾经在比桑齐奥卖身的年轻女人,在成为王后以后,被欣赏、尊重,她有权力,也值得在过世后尊处拉文纳的圣维塔莱教堂。

还有,在尼卡包围之际,她对查士丁尼的大臣们所说那番话的最后,她说,就算是国王逃了,她也不会逃,她会一直坚守到最后一刻。在被杀死之前,她还在想"黄袍真是一个不错的裹尸布"。

那件黄袍就连普罗科皮奥也没能拿下来。

34. 乌尔苏拉

保罗认识她的时候,乌尔苏拉二十六岁,在意大利已经生活了三年。

她是维也纳人,头发金黄,皮肤白皙,中等个头,身材很好。她学的是建筑学专业。在本国的时候,乌苏尔拉认识了一个意大利年轻男同事——西维奥。两人相爱,后来西维奥回米兰,她便跟了来。

现在,他们住在森皮奥内大姐的一间公寓,在同一家建筑事务所工作。

乌尔苏拉性格很好,经常笑。如果没有经过深思熟虑,她是不会生气的。她不爱争论，总试图和所有人都和平相处。

保罗想翻修一下祖父留下来的农舍，它离城里几公里远。他碰巧就去了那对青年工作的那家事务所。西维奥和乌苏尔拉正好负责这个项目。

那段时期，两个年轻人之间有些裂痕。

乌尔苏拉发现，西维奥常常去做一些冒险的事情，他很痛苦，他把自己封闭起来，害怕她察觉后会引发争吵。

第一次去现场查看，他们自然是一起的，但第二次就只是乌尔苏拉自己。西维奥在最后关头退缩了，他借口有工作要在城里处理，但乌苏尔拉很清楚，他就是想有几个小时的自由。

于是，只有保罗和乌尔苏拉出现在了这空旷的农舍。

保罗是单身，他很快喜欢上了这姑娘。她的一双眼睛更是俘获了他：左边眼影泛着棕色，右边泛着绿色，两眼都能独立眨动，迷人极了。

保罗注意到，那天早晨她的心情不同于往常，她总是走神，心不在焉。两小时后，乌尔苏拉拿到了她要的浮雕，准备回城。这时，保罗提议说，他们可以去乡下的一家小馆子吃午饭，离这儿不远。

虽然有些惊讶，乌尔苏拉还是答应了。

保罗不知道，她是想推迟她和西维奥单独相处的时间，她也应该假装相信他的谎言。他们开车去的，保罗开车，乌尔苏拉的车停在了农舍门前。在小饭馆，除了两三个年纪大的农民，就只有他俩。

这天阳光明媚，他俩决定坐在户外，篱笆棚下面。乌尔苏拉去卫生间。保罗的目光跟着她，为她走路的姿势着迷。她的步伐柔软、轻盈，着地实在，但紧张的腿部显示，肌肉准备随时改变运动的节奏。那步子让他脑海中立刻浮现出猫的样子。

保罗是个很健谈的人，才一会儿工夫，他就知道，乌尔苏拉很愿意和他待在一起。这会儿，他们不自觉地，目光就会碰触在一起。

吃完午饭，等咖啡的时候，保罗对她说，不管什么品种的狗，都能让他觉得反感。她笑了。

"我讨厌母猫和狗，"她说，"不过我非常喜欢公猫。"

他没时间询问这个奇怪喜好的缘由，因为恰好在那一刻，离他们桌子不远的地方，出现了一只红色的母猫。

母猫和乌尔苏拉对视，好像在互相挑衅。保罗感到很惊奇，他看到乌尔苏拉的身体变得僵直，似乎所有神经都紧绷起来。母猫把毛发弄得蓬乱，它耷下两侧的耳朵，摇晃着尾巴，喘息间露出威胁的神色。

不一会儿，它进攻了。它一跃而起，向乌尔苏拉的脸扑去。

为了避免被攻击，乌尔苏拉迅速用手捂住脸。母猫锋利的指甲在她的手背上留下几道抓痕，不过好在只是皮外伤。

餐厅老板没有可以给伤口消毒的东西，他一个劲儿地说抱歉："是自家养的猫……它从来不这样……谁知道怎么就把您挠得……"

保罗用一块干净的手帕把乌尔苏拉的手包扎了起来。

他们一路奔回到农舍，保罗打开一个小的急救箱，给乌尔苏拉的伤口消毒，又给她抹上药膏。紧接着，也不知怎的，他们相拥在一起，激烈地吻起来。

那天，他们没往下进行。时间已经很晚了，她必须得走。不过，两天后，她去他的公寓找他，他们成了情人。他们睡在一起的第一夜，做爱后，乌尔苏拉幸福地睡着了，心满意足地躺在保罗的臂弯之间。不一会儿，保罗听见乌尔苏拉发出轻微的鼾声，就好像一只母猫。

那时，他开始注意她的一些特别的地方。比如，她吃东西的口味。她不吃蔬菜、沙拉、水果，吃牛排要吃还滴着血的。鱼是她最喜欢的菜之一。

她的举止非常优雅，吃完午饭，她觉得没被看见的时候，会伸出舌尖，迅速在唇边舔上一圈。紧接着，她打一个大大的哈欠，还企图躲在餐巾后面不被看见。

但丁的女人

他们在床上，前戏的时候，她总在他背上挠出长长的抓痕，以此为乐。有一天，他也向她做了同样的事情，令他吃惊的是，他竟体验到了令人愉悦的味道。他开始尝试吃生鱼，以前从没吃过，但他现在很喜欢。他也开始给自己准备不那么熟的牛排。

亲密的时候，他们互相唤着猫猫和喵喵。有时候，保罗窝在沙发上，乌尔苏拉便会跳到他的膝盖上，把身子蜷成一团，让他为她梳理头发。

下午的时候，要是有时间，他们会去郊区的电影院，这样可以免去一些不适宜的碰面。有一次，在广场中央，他们看见了一个破落的马戏团的大帐篷，广告牌上画着一头狮子招揽生意。乌尔苏拉想去看看。他俩找到第一排的座位坐下。

不一会儿，驯养人把兽笼装好，把野兽推进去，再把笼门关上。可那头狮子却很快表现出不听话和心不在焉的样子。它嗅着周围的空气，紧张地四下望着，可毫无用处。驯养人扯高嗓门喊起来，鞭子噼啪作响。

后来，狮子认出了乌尔苏拉，朝她的方向徐徐走来。它的头触到笼子的栏杆，蜷缩着，眼睛盯着她，充满了爱意。再没有任何办法让它挪动一步。

人们开始议论，他们不知道这是怎么了。节目被迫中止。经过好一番折腾，才勉强让这头猛兽从笼子里出来。

表演结束前，乌尔苏拉想离开。但刚一走到外面，她就朝马戏团的背后走去，那儿有很多的大篷车。狮子就在那儿，在它的笼子里。马戏团的人没有一个在这儿，他们都在忙活着最后的压轴表演。在保罗恐惧的目光下，乌尔苏拉跑向笼子。狮子看见她来了，蜷缩下来。乌尔苏拉把胳膊伸进笼子，在它的头上深长地爱抚起来。

接着，狮子一点点往前挪动着，直到鼻尖探出笼子栏杆间的缝隙。乌尔苏拉吻了它，然后回到保罗身边。她脸颊上滚落着大滴的泪珠。

那天晚上，保罗独自躺在床上，做了一个决定：要尽一切努力，让乌尔苏拉离开西维奥，和自己生活在一起。

反正，乌尔苏拉和她之前托付的人，他们的故事已经快要结束了。

保罗想娶乌尔苏拉，他想让她一生都伴在他左右。

"或者至少，"他下定决心地想，"直到她决定不再折磨我的时候。"

35. 维纳斯

父母得有多么神经大条，才会给自己的女儿取名维纳斯。

在给每一个新生命授予名字的时候，我们总是那么随性一喊，不就是个皱皱巴巴的小人儿？那轮廓线条儿，与青蛙和小猴子不相上下。

要想未卜先知，实在是件困难的事情。所以，这名字将来要是过时了，就意味着宣判她被嘲笑的命运。给孩子取名维纳斯，她就要担得起肩上的责任，并且终其一生，都要对得起那名字带给她的高度。不管怎样，总是有那么一段短暂的时间，人们会想，可从未见过满脸皱皱巴巴的维纳斯啊！

马可认识的维纳斯,不禁让人怀疑,她的父母定是受到了神的馈赠吧!因为他们的女儿,二十岁,不仅非常美,而且身材很棒,方圆一百米的范围内,下至十六岁,上至八十岁,所有的男人都会被她吸引。

马可第一次见她,很匆忙,在佛罗伦萨的领主广场[1],十来个不同年龄段的男人围成一圈,她站在中间。她自在地同他们说笑,听不出说的什么语言。马可认为,被一群人包围着,她应该是个导游吧。

那晚,马可去火车站坐夜班列车,车从米兰开来,终点站是西拉库萨(Siracusa)[2]。铁路上有罢工,已经两天了。这是罢工结束后第一列开往南方的车。车厢里挤满了旅客,马可一个人挤上来,也给这车厢带来了不小压力。好在,马可只有一个小行李箱。他上来以后,车厢里再也无法多挤一个人了。

马可站着,肩膀紧贴车窗。他面前有两个胖女人,嗓门很大,动作果决,也不知什么原因,她们拨开人群,想往过道里去。不一会儿,列车徐徐开启,她们终于办到了。但这并不意味

---

[1] 领主广场,佛罗伦萨旧宫前的L形广场,得名于旧宫(领主官),享有该市政治中心的名声,是佛罗伦萨人以及众多游客的聚会地点。

[2] 西拉库萨,西西里岛东南端的一个港口,建于公元前734年,在古希腊时期是与雅典齐名的历史文化名城,城中历史遗迹众多。

着马可有了更大的空间——现在，马可看见一个女孩子挤了进来。他很快就认出来，这是刚才在领主广场看见的那个女导游。迫不得已，这姑娘的身子紧贴着马可，这场景就像电车在高峰时段一样。不过，这是在火车上，可不是短短几站的距离。二十岁的马可有些惊恐，那令人刺激的触碰竟让他有了不合时宜的反应。姑娘应该是也觉出了尴尬，因为她一直把头偏向一边，以免面对他。

他想，如果互相讲话，那紧张感应该会消除了吧。

"对不起，"他说，"我实在没办法给您腾出点儿地方了。"

"我知道。"她说。

她终于看了他一眼。她的眼睛蓝蓝的，很漂亮，像一潭湖水，让他险些溺亡。

"我叫马可。"

"维纳斯。"

他吃了一惊。第一次认识叫这个名字的女孩。她配得上这个名字。

"您是导游？"

"我？不是。怎么这么问？"她惊讶地问道。

"今天，在领主广场，我看见你和一些男人在一起……"

"啊，那些人。我也不认识他们！他们跟在我后面。我不是导游。我从卡塔尼亚[1]来,在大学读书。我来趟佛罗伦萨,因为……我想看看波提切利(Botticelli)[2]创作的维纳斯。我一直在走,累死了。我本来以为车上可以坐着,可惜……"

她停顿了一下,然后羞涩地问道:

"我能请您帮个忙吗?不过,我不想您误会。"

"怎么会!您说!"

"我站不住了。您能帮我一把吗?"

"怎么帮?"

"这样。"

她把胳膊搭在他的肩膀上,手交叉着垂在他脖子两边,然后就这么沉睡过去。马可把手绕到她背后,手腕交叠,好护她周全。接着,他把肩靠向窗户,双腿伸向前方。这样,他的身子倾斜,维纳斯才能尽可能地靠在他身上。维纳斯的裙子轻薄,裙摆大,她双腿分开,马可的双腿正好放在她的两腿中央。她的脚恰好着地。

约莫过了半小时,马可开始感觉到痛,他动了动,好调整

---

[1] 卡塔尼亚,西西里第二大城市,位于西西里岛的东岸,古建筑遗址众多,被称为巴洛克艺术之城。

[2] 桑德罗·波提切利(1445—1510),15世纪末佛罗伦萨的著名画家,意大利肖像画的先驱者,《春》和《维纳斯的诞生》是最能体现他绘画风格的代表性作品。

下姿势。维纳斯向下一滑,马可为了让她站稳,环抱着她的手放得更低了。

他终于能亲眼所见,这凡间的维纳斯和女神维纳斯是可以媲美的。这种甜蜜的折磨,一直持续到罗马。

到了罗马,吵闹和推搡中,下去了一些乘客,也上来了一些。马可带着他的小行李箱,维纳斯有一个大包,他们还保持先前一样的姿势,只不过这次,窗户在他们的正前方。窗户下面,放着一个巨大的木质行李箱,已经放了很久了,可能是装的什么工具吧。马可让维纳斯坐在上面,没有旅客反对,可能箱子的主人离得很远。

马可站在女孩面前。她还是很困,打着哈欠,把前额依在他的肚子上,又睡着了。

为了不让她倒向一边,马可用手扶住她的肩膀。

在那不勒斯[1],又是一场混乱,但没人能从他们这边上来,因为有个大行李堵着。火车又出发了。这次,维纳斯站着,她让马可坐在她刚才坐的位置上。

"你呢?"

"如果你不想换着来,那我坐在你腿上吧。"

---

[1] 那不勒斯,意大利南部第一大城市,地中海风景胜地之一,以其丰富的历史、文化、艺术和美食而闻名。

马可说不用换了。于是，维纳斯坚持让马可坐着，她背过身去，坐在马可腿上。马可用手紧紧地环抱住她的腹部。

她的肩膀依靠在他的胸上。

由于空间所限，又一股令人心潮澎湃的刺激向马可袭来。

马可站起来，他想给维纳斯让点儿位置，但没能说服她。

"我坐在你腿上，让你很反感吗？"

"怎么会？！"

维纳斯又坐下来，但这次，她面对着他。马可从她的背后抱住她。她把前额靠在他肩膀上，又睡了。渐渐地，马可也进入了梦乡。

维纳斯头发散发的香味像一种麻醉剂。某一刻,他恍惚觉着，自己正在一叶扁舟上。他想喝杯咖啡，但他不想打扰这姑娘。

黎明时分，他俩同时醒了，相视一笑，都站起来。他们周围的旅客都还睡着。慢慢地，火车停了下来。站台在另一面。

透过他们旁边的窗户，看见的是一处陡坡，一直绵延到一片沙滩，海面平静如画。维纳斯拿起包，打开了车窗。

"来吗？"她跨过那大行李箱，问马可。马可想了想，便抓起他的行李，跟了去。他们走下斜坡的时候，听见火车开走了。

他们来到那片荒凉的海滩。从那下面是看不到车站的。突然间，维纳斯脱光衣服，朝水里跑去。她在水中划了几下，又

但丁的女人

回到岸边来。

马可,一个凡夫俗子,却亲眼见到了女神维纳斯从水中升起,在第一缕阳光下,是那么的光彩照人。这真是一幅奇迹般的画面。

她嬉笑着,脱下马可的衣服。马可还沉浸在刚刚那一幕中,呆若木鸡。她牵着他的手,向海里走去。海水冰冷,可他,却出奇地觉不出冷。

回到岸边,维纳斯盯着地上的一处凹陷,那应该是一个洞穴。她带着马可去了那里,让他躺在自己身边。

接着,这位从不愿错失爱的机会的女神维纳斯,在他耳边轻声说:

"现在我们就做昨晚没做的吧。"

36. 温 尼

温尼是个五十来岁的女人，胖嘟嘟的，头发金黄，嫁给了七十岁的威利（Willie）。威利寡言，常泡在报纸里。温尼爱唠叨，威利总是用一个词，或者报上的只言片语应付她。

假如是在广播上，我们听到了这老两口平庸的、无关痛痒的对话，我们会想象，他们正安详地围坐在家里客厅燃烧着的壁炉跟前。不过，假如你是在剧院听见这样的对话，并且亲眼看到这样的场景，那么，他们所说的每一个词都会是有分量的，带着一丝细腻又含糊不清的焦灼。

温尼和威利这两个人物，是塞缪尔·贝克特（Samuel Beckett）[1]在他的作品《美好的日子》中所塑造的。他把他们设定在一个虚拟的环境中。这里是一片广袤的沙漠，在一处沙丘的中央，探出半个身子的温尼，在这样的处境下，是不可能走动的。

她的丈夫可以挪动，但也只能匍匐前进。他的头颅破了个洞，他生活在沙丘的一个洞穴中，这洞穴恰好在她的肩上。于是，尽管被半埋着，为了看到丈夫，温尼也不得不扭曲着自己的身子。

这两个人物是典型的贝克特式人物，好比《剧终》（Finale di partita）中的纳哥（Nagg）和妮尔（Nell），即哈姆（Hamm）的父母。这一对父母，也是不能挪动，他们生活在一个装垃圾的容器里，只有到了"喝粥"的时候，容器的盖子才会被打开。而哈姆是个瞎子，还瘫痪了，他的儿子兼仆人克罗夫（Clov）则被判要处在永远的运动中。其他的人物都是幽灵，或者黢黑管道里的爬虫。

没有任何为什么，没有解释，也没有一个"曾经"。他们就是这样活着，仅此而已。他们的存在，是假设人类降级后的一种生存状态。

贝克特出奇的幻想能力，把受到的教训推到一种极端的效果。

---

[1] 塞缪尔·贝克特（1906—1989），出生于爱尔兰的法国作家，荒诞派戏剧的重要代表人物，1969年获诺贝尔文学奖。代表作为《等待戈多》。

但丁的女人

他仔细观察了博斯（Bosch）[1]和勃鲁盖尔（Brueghel）[2]作品的细枝末节，对瞎子、瘸子、傻瓜，还有在带轮子的粗糙平台上挪动的人体躯干，都观察得细致入微。

再来说说温尼和威利。他们的一天的开始和结束，都伴随着讨厌的钟声。

温尼手边有一切她需要的东西：她有一只大篮子，里面装着很多东西，有牙膏、牙刷、梳子、胭脂和指甲刀；她还有一把太阳伞和一把手枪，她时不时会抚摸这把手枪。

她还有种能力，可以不间断地独自说上一气，说任何从她头上飞过的东西。她会把这场独白，变成好像和威利的对话。威利总是那么不动声色。

温尼真是个幸福的女人。每天，晨钟敲响，她第一句话就是："又是幸福的一天！"

她深信，每天都会是幸福的一天，不管会发生什么。可她那样的情况，又会发生什么呢？不过，还真的发生了，就在第二幕刚刚开始的时候。

现在的温尼，身子陷得越来越深，只能露出个头了。但她

---

[1] 希罗尼穆斯·博斯（1450—1516），荷兰画家，代表作为《圣安东尼的诱惑》等。
[2] 彼得·勃鲁盖尔（约 1525—1569），荷兰画家，一生以农村生活作为创作题材，代表作为《农民的舞蹈》等。

仍然乐观，依旧絮絮叨叨，尽管有时她也会抱怨没法够着篮子里的东西了，没法转过身去看看丈夫了。这些都只是让她的日子变得有些平淡而已。

如今，威利会穿好衣服，从他的洞里爬出来，一直爬到她跟前。温尼深情地看着他，喜悦地哼唱着小曲。温尼这个人物总让我着迷，难以自拔。贝克特创作的所有人物都很难解读，世界上有很多种语言的书籍和评论文章都写过他们。

读者或观众提出的最浅显也最富逻辑性的问题，就是温尼在她的生活中，对悲惨的事情有没有知觉？

我其实是不愿意讲出这个问题的，我认为她是知道的，因为在第二幕，她对陷入糟糕的境况是有着清醒认识的。

于是，就有人认为，温尼代表了女性的愚昧。她的整个世界便只有胭脂水粉。但也有人反驳，认为这其实代表了女性的勇气，原因也是同样的那些。最终，导演斯特雷勒（Strehler）[1]决定，让温尼成为对生活百折不挠的精神的象征。

不仅如此，《美好的日子》还应该是夫妻之爱的一首赞歌，因为在温尼不能再转身看到丈夫以后，威利便一直挪动到她跟前。

---

[1] 乔尔焦·斯特雷勒（1921—1997），意大利戏剧导演，1982年担任第三十五届戛纳电影节评委会主席。

不过,我认为,舞台上的布景能给我们一个关键性的解释。贝克特所描述的物品都暗含着深意。没有一样东西的存在是毫无意义的。比如,一位女性学者研究发现,《剧终》舞台上的所有布景,一个不多一个不少,恰好落在丢勒(Dürer)[1]的画框里。

诚然,胭脂、梳子、指甲刀、牙刷,都恰好是女人口袋里的东西。

可是,手枪呢?温尼说她是从丈夫那儿收来的。可为什么她要抚摸它呢?注意了,她不是偶然地触碰,而是满心欢喜地爱抚。不能假装没看见,忽视它。它也不是另一个喜剧的桥段。武器存在,被展示出来,特别是还被抚摸。

有一次,我给戏剧艺术学院的学生们做了一次有关这个问题的民意测评。我得到的答案令人震惊。一个女学生甚至告诉我,温尼是在武器中看到了威利的男子气概,所以……

我有一个观点:《美好的日子》是一部哲理剧,应该是悲剧,自由意志的悲剧。武器代表了选择的可能性。这个问题是开放性的。

任何解释都有可能成立,温尼会永远存在,这我是肯定的。最难解,也最引人入胜的谜题,便是女人。

---

[1] 阿尔布雷特·丢勒(1471—1528),德国画家,史上最出色的木刻版画和铜版画家之一,代表作有《启示录》《骑士、死亡与恶魔》等。

37. 奇妮娅

一天,保罗接了个电话,是他的同行兼好友皮耶罗打来的。皮耶罗有个牙科诊所,在瓦雷泽[1]。他邀请保罗第二天晚上在老地方的餐厅见。保罗答应了,因为他和皮耶罗已经有五个月没见面了。皮耶罗时不时会来米兰,如果情况允许,他们就会一起吃晚餐。

餐桌上,他们总会聊到大学的时光,那时候他们是同学,然后慢慢地,会聊到他们的现在。

---

[1] 瓦雷泽,意大利北部阿尔卑斯山山麓城市,旅游胜地,有教堂、钟楼等17世纪建筑。

Donne

他俩对自己的职业生涯都没什么好抱怨的。刚刚四十出头，他们各自在米兰和瓦雷泽小有名气，都有丰富的、专门的客户资源，在银行也都有一笔可观的存款。

所以，如今，他们的谈资主要是女人。

皮耶罗已婚，有个五岁的儿子。不过，他是个花花公子，常给保罗讲他的艳遇。保罗单身，和一个已婚女人有一段漫长又伤心的恋情，他认为自己深爱着她，为她心碎神伤。

那晚，皮耶罗没聊那些大学的过往，而是直接讲到了现在的事儿。

他说，四个月前，在他的诊所，来了一个梦一样的女子，二十五岁，乌克兰人，名叫奇妮娅。她个高，小麦色的头发，修长的双腿，迷人的酥胸。那姑娘交给他一封潘扎尼教授的信。潘扎尼教授是他们的大学教授，皮耶罗和他关系很好。教授请这位曾经的学生帮忙，聘请这个女孩做助理，她是潘扎尼教授的一个乌克兰朋友的女儿，快毕业了，学的是牙科。奇妮娅出示了她的居留证和其他证件，都合乎规定，还有三个牙科诊所的证明，其中两个是乌克兰的，一个是意大利的。姑娘在这些地方表现都不错。

其实，就算是她之前因为什么恐怖的血案被判终身监禁，后来又安全越狱，皮耶罗也都会雇用她的。

简单来说,在她接手工作一个星期以后,她就总能在皮耶罗最需要的时候出现在他面前。

也是从那时候起,她成了皮耶罗唯一的助理。皮耶罗对保罗说,第一,他疯狂地爱上了她,她也对他报以回应;第二,奇妮娅在亲密的时候总是很尽兴。和她会上一次,能让你整整二十四个小时都失音。

和她相处,皮耶罗还在她身上发现些美德,比如性格温婉,善良,为他人着想,没什么私心,特别是总透着一股子忠诚劲儿。她不只是个漂亮的情人,还是个值得信赖的伴侣。

直到三天前,一切都还顺风顺水。

周遭的不利环境,让这两人已经有一个星期没碰面了。那个倒霉的晚上,皮耶罗打发走了接待处的员工,诊所的钥匙在她手上,他告诉她由他自己来关门。屋里刚只剩下他和奇妮娅,他们便在候诊室的沙发上迫不及待地亲热起来。

他们不知道,命运正在捉弄他们。

皮耶罗的妻子发现丈夫把钥匙落在了家里,于是决定亲自给他送去,反正诊所离他们住的地方不远。

她来了,开门,进去,看见,尖叫,昏厥。

结果,奇妮娅立刻被开了。"现在,"皮耶罗说,"你参与进来吧!就凭我们的交情,你来雇奇妮娅。不过,你要让他和你待在一起，做你的助理。我相信你。我来安排，至少一个星期到米兰找你一次。你看看，我快绝望了！我不能失去她！"

他一脸阴霾，接着说：

"要是不行，我就放弃妻儿，去和她生活在一起。"

保罗答应了，他很担心朋友会家庭破裂。他们达成一致，四天之内，皮耶罗会给消息。

第二天，奇妮娅出现在了保罗的诊所。她跟皮耶罗描述的一样美。

很快，奇妮娅的出现，让患者的表现发生了很大的转变。

保罗发现，那些他曾经认为胆小的、顾虑重重的患者，那些只要钻机一响就大汗淋漓的患者，只要奇妮娅微笑着，穿着袒胸露肩的衣服，在离他们眼睛几厘米的地方，弯下腰给他们系上围裙，他们便表现出一副无所畏惧的样子。

相反，那些原本勇敢无比的患者，现在却表现得像孩子一样。奇妮娅让他们漱口，先在他们嘴里填满她杯中的液体，然后再在他们吐进盆里的时候，撑着他们的头。

已经六天了，还是没有皮耶罗的任何消息。保罗也就此问过奇妮娅。奇妮娅回答说，她什么都不知道。她还说，皮耶罗叮嘱过她，不要给他打电话。保罗一下子有些不知所措。他觉得，他恐怕不会为这盲目的激情负责了。到底发生了什么事情呢？

犹豫再三，第二天，保罗给皮耶罗在瓦雷泽的诊所去了一个电话。

电话那头，皮耶罗呼吸急促，他解释说自己脱不开身，妻子把他盯得很紧，还在他工作的地方安排了两个间谍。她以离婚相要挟，万一要是真离了，他可就破产了，因为办诊所的钱都是他妻子给的。他让保罗劝奇妮娅耐心些，他迟早会有办法的……

保罗把一切告诉了奇妮娅，言辞谨慎。奇妮娅看着他，笑着说：

"我等他。别再让他和妻子争吵了。"

她看上去并不像伤心的样子。她接着说：

"你们意大利人怎么说？死一个教皇，就再来一个。"她轻轻地吻了保罗的嘴角，时间略微长了那么一点儿。

就这样，保罗成了备选的"教皇"。好几天，他都表现出毫不在乎的样子，因为他觉得如果做了什么，就是对皮耶罗的背叛。可是，他却忘不了她那绵软的一吻。

后来，不凑巧的是，那一吻的五天后，因为一些可笑的原因，他和那个自己曾以为深爱的女人的关系急转直下。他们竟对彼此说出了本以为从不会说出的粗话。他们分手了。

同时，他和奇妮娅的关系也急剧变化，不过是朝着另一个方向。

Donne

每天，奇妮娅来的时候，都表现得热情、温柔、勤奋，她总会分神看他，冲他笑，这轻描淡写的撩拨，好像能让他从肢体上感觉到她的存在。

直到有一天，保罗终于被征服了，放下了他的戒备。他邀请她去家里一起吃晚餐，再一起喝点东西。那晚之后，他们就再也分不开了。

他们在一起一个月后，保罗向奇妮娅求婚。

可奇妮娅拒绝了。

保罗很绝望，他想知道原因。奇妮娅坚持不说。

最后还是保罗赢了。

奇妮娅告诉他，她这么做是出于他的忠诚，他虽然没发现，但她已经怀孕了。应该是最后一次见皮耶罗的时候，在诊所的那该死的一夜。

这对保罗来说，真是个残忍的打击。不过，在奇妮娅告诉他的那一刻，他就明白，他已经不能没有她了。

三个月后，他们结婚了，只有很少几个见证人。

短暂的蜜月旅行回来后，当天下午，保罗去了诊所。走之前，他把诊所交给一个同事照看。

他对奇妮娅说，他大约八点回来，然后带她出去吃饭。不过，他提前一个小时回来了。进门，他发现奇妮娅正在打电话。

"我不是跟你说过会有用吗？现在，他是孩子的合法父亲。一切都安排妥当了。亲爱的皮耶罗，我们什么时候见面？这么长时间没见到你，我都快死了。"

38. 耶 玛

小时候，很长一段时间，我和祖父祖母一起住在乡下。每个周五的早晨，我都会在船梁上看见一个衣衫褴褛的老妇人，脏兮兮的，穿一身黑色的衣服。她是来乞讨的。

实际上，她却什么都不要。她一来，便倚靠在铁大门的门框处，待在那儿，一动不动，也不作声。她低垂着头，搭在前面的披巾完全挡住了脸。我好像从来没看到过她的正脸。

坐在船梁上的女人们，不论是农民还是服务生，都没人搭理她。不过，有一个女佣赶忙告诉祖母艾维拉（Elvira），"那谁"来了。她们都没叫她的名字。要是其他的乞丐，她们恐怕要竞相八卦他们的名字了。

每个周五的早晨和周日，都会来一个神父，来我们这里的小教堂主持弥撒。不仅祖母会带一家人去，佣人和农民们也都非常期待。

周五的时候，神父走以后，会有另一个仪式。这是祖母艾维拉组织的施舍活动。她坐在门梁的阴凉处，旁边放着一张小桌子，桌上摆着一盆盆的热汤。她的膝上，还搁着一只皮口袋，里面装满了零钱。

"感谢您，艾维夫人。"排在最前面的人凑上来说。

"你好啊，托多！"

她从口袋里抓了一点儿零钱，放在行乞人的手上。

"多喝些粥吧，托多。"

他点点头，一个仆人递给他一碗粥。队伍的第二个人走上前来。

施舍活动结束的时候，祖父、叔父们，还有我，一起吃了午饭，祖母的座位是空着的。她要斋戒，向上帝表示诚心，好让这世间少些因饥饿而死的人。

不过，祖母并不想和"那谁"有什么直接的接触。所以，那行乞的老妇人在施舍开始前就来过了。祖母给她准备了一些零钱和一块一公斤重的面包，交给一个女仆，让女仆交给她。

那老妇人把钱塞进口袋,拿上面包,转头就走了,没有道谢,也没打招呼。

我十二岁的时候,"那谁"就再也没来过了。我知道,和祖母聊这件事情并不合适,于是我跟一个女仆打听有关那老妇人的消息。

"死了。"她回答我说。

"老死了吗?"

"不是,死得惨。上吊死的。"

她竟在一棵树上自尽了。

我记得,我当时心烦意乱。因为那女人曾让我非常怜悯,那时候她倚靠在门框处等待着。有一天,我看见一只狗靠近她,嗅着她,然后抬起一条腿,踩在她的一只脚上。她没动。

对所有人都友善、仁慈的祖母,为什么却那样对待她?

一个叫米尼库的佃农,耐不住我的坚持,终于给我讲了讲故事的大概。

"那谁",连他也这么称呼她,因为他不记得她的名字了。她十八岁的时候,和一个能干的农民工人纳利结婚了。结婚三年,小两口还是没有孩子。于是,"那谁"去找了一个巫师。巫师说,不是她不能怀孕,问题在她丈夫。从那以后,"那谁"开始恨自己的丈夫,她到处说是纳利欺骗了她,她嫁给他就是为了要孩子,不是来给一个不是男人的男人准备吃喝的。

她坚持认为,是纳利害了她。一个已经婚配的女人,因为丈夫不能生育没有孩子,这是他剥夺了她做一个母亲的权利。一个女人如果不当母亲,那算什么?一棵果树不结果,不中用,就只能当作一块用来烧火的木材。

后来,据米尼库说,她开始胡说八道。

有一天,她从巫师那儿回来。她花了攒下的好大一笔钱,买了一份很厉害的毒药,没留下一点蛛丝马迹。

她毫不犹豫地放进了丈夫的汤里。

纳利死了。宪兵长官有所怀疑,但尸体解剖只说是心脏骤停。

葬礼过后,"那谁"许配给了一个已有两个孩子的鳏夫。她要和一个在生育上没问题的人结婚。可是,她却没能嫁给他,因为就在这时,巫师因为让一个女孩流产至死被逮捕,她承认曾给过"那谁"毒药。在审判的时候,"那谁"一句也没为自己辩解。

她被判了三十年,没有减刑。

她服刑期满,重获自由,但没人愿意给她工作机会,连神甫都不愿意。她只能乞讨。

这个故事在我心里搁了很久。有一天我读费德里科·加西亚·洛尔迦（Federico García Lorca）[1]的《耶玛》，剧情和我的这个故事非常相像，于是，我也就把她抬到了神话、抒情的高度。

就这样，"那谁"，也终于有了一个名字。耶玛，没错！

---

[1] 费德里科·加西亚·洛尔迦（1898—1936），20世纪最伟大的西班牙诗人，代表作为《吉卜赛人谣曲集》《深歌集》等。

39. 吉 娜

在从那不勒斯到巴勒莫的渡船上,吃过晚饭,我很想出去呼吸些咸咸的空气。我出生在海边,在海边长了二十多年。我家离海边几百米,冬天的晚上,海浪的声音一直传到我的卧室,成了我的催眠曲。后来,我在城里住了很久,吸雾霾。于是,我走了出去,外面有风。我找了个避风的地方,坐在一种椅式箱子上,那上面堆满了救生衣。我点燃一支烟。

就我一个人。有时,有人想来甲板上散散步,但风让他们却步了。我开始想自己的事儿,不再管天气如何。突然,我意识到,已经过了十二点。我进去,走下斜梯,往警务室的方向走去。警务室的小窗还开着。正准备走通往我房间所在过道的第二处斜梯时，我停了下来。在警务室的窗口前，站着一个泪眼婆娑的姑娘，正哀求道：

"求您了！帮帮忙吧！"

这场景并不多见。我假装在读一份海报，上面写着对游客的忠告。

警官同情地看着姑娘，但还是摇摇头。

"相信我，姑娘，要是能……可是规定很严格。船一开，任何游客是不能到底下去的。"

"可是我得去拿样东西，我落在车里了！"

警官无奈地摊开双手。女孩已经抑制不住地哭了起来。

"那您派一个海员跟着我吧！"

"这也不可以！"

女孩用手捂住脸。她抽噎着，双肩不住地抖。警官不知所措。

"要是没冒犯的话，我能问问您落了什么东西吗？"

"安眠药。我需要安眠药才能睡觉。如果不吃，我就睡不着。刚一睡下几分钟，我就会做噩梦。第二天，不知道为什么，就会精神紧张。明天，我还要开车开好远……"

"您能告诉我这安眠药的名称吗？"

女孩告诉了他。她说那个名称的时候，就好像沙漠中口渴难耐的人祈求水一样，声音嘶哑。

"我去看看，要是有……"警官说着，人就已经不见了。

女孩开始祈祷，双手合十。她的目光看向警务室一面墙上悬挂着的十字架。那人回来了，沮丧地说："很抱歉。药箱里没有。对不起！"他关上了小窗。

女孩的腿开始慢慢地弯曲。我跑过去，拦腰抓住她。她看着我，却像什么也没看见。

"我给你。"

她没听懂，挣扎着想要弄明白。

"您说什么？"

"我给你药。"

"您说真的？"

"真的。"

"那您给我吧。"

"但我现在没带在身上。我房间里有。你跟我来。"

她不动，疑惑地看着我。我知道她在想什么。

"好吧，"我说，"在这儿等我。我去拿来给你。"

"我和您去。"她说。

她不想让我消失在她的视线里。当然，她也认为，我是找借口要带她去我的房间，但万一我说的是实话呢？

Donne

我的房间是唯一一间关着门的。其他房间门都开着，男男女女大声讲着美语，喝着酒，笑着，有时在走廊里互相追逐着。

我走进去，她站在门槛处。我拿起小行李箱，把它放在一张小桌子上，打开，取出一盒安眠药。她认出了那小盒子，尖叫一声，一下跑过来，半蹲着开始吻我的手。两三个美国人注意到这场景，忙喊来其他一些人。

"把门关上！"我命令那女孩说。

她站起来，把门反锁上。我用两根手指夹着药的包装，拿给她看，想让她看看这药和她的是不是一样的剂量。

"好的,好的。"她对我说着，语气很奇怪，并不符合当时场景。她语气竟是那么的顺从。

她面向我，打开包装，拿出一颗药丸，放在小桌子上，然后合上包装，把它放回我的小行李箱里，又看向我。

女孩脱光了衣服，衣服扔在地上。

"你做什么？"

"你不是想要交换吗？"她惊讶地问道。

我注意到她是外国口音，只不过现在没刻意去调整了。

我有些生气。她把我当什么人？我递给她药的时候，她误会了我的肢体语言。我告诉她，我不需要交换。她有些困惑，又把衣服穿上。

但丁的女人

"那您想要什么？"

"什么也不要。"

她呆住了，迷茫不知所措。然后，她终于下定决心："可以吗？"

她一面说，一面伸手去拿药丸。

她连水都没喝，生咽了下去。她笑了。她应该还不到三十岁，非常可爱，身材很好。

"你困吗？我可以陪你一会儿，等到没什么不良反应的时候。"

她给我讲了她的故事。她叫吉娜，从东边的一个国家来。她给一个老人做看护，老人正在另一个房间休息。老人给她的报酬很好，但每晚都会向她索要一次。我懂吗？我是懂的。她是农民的女儿，父亲在她十四岁的时候强暴了她，她哥哥也做过同样的事情，后来连她弟弟也是如此。她是家里唯一的女人，母亲很早就死了。为了赚钱，也为了逃离那个家，她忍受了所有难以想象的暴行。后来，她到了意大利，也一直在做"交换"，没有间断。为了拿到签证、居留证，为了找个住处，为了找份工作……她常常被骗，他们要她先做，却在事后不做交换。

今晚，是她第一次没有通过交换拿到一样东西。

"也许,这是个好兆头。"她叹息着站起身。她握着我的手,吻了我,看着我。

"愿你一切都好。"她说。

然后,她便走了。

作者的话

这本书是一部分女人的合集,她们或真实存在于历史之中,或诞生于文学作品之中,有我认识的,也有从别人口中打听来的,她们这样或那样的侧面,印在我的记忆中。

这本书并非一本关于女人的论文专著,也无意归纳总结什么论断,或是进行心理方面的解读,坠入女性世界的迷宫。

我只是简单地想把我记忆中的与女性有关的一件事情,一次遇见,一个故事,或是某次阅读留下的印象诉诸文字。关于本书意图的其他揣测恐怕都是枉然。那些经历已然历时久远,成了散落在记忆中的零星碎片。

Donne

  我也没法保证，这些事情真的都发生过，也许它们只是我臆想出来的，却在时间的流逝中，让我以为真的发生过。

  当然，我也从未想过，要出版这样一本私密的有关女性的书籍。但我同样也没有想到，在 2013 年的意大利，一项专门针对"谋杀女性"的法令竟不得已地获得了批准。

安德烈亚·卡米雷利

译后记

《红楼梦》里贾宝玉说，女人是水做的。温婉美丽，亭亭玉立，秀外慧中，优雅睿智，这些都是形容女性的词。

不过，有谁能将女人这个话题说得清楚，讲得透彻？有谁能读透女人这本大书？正如本书作者安德烈亚·卡米雷利所说，他也只是将自己遇到的，现实生活或文学作品中的女性形象，做了个梳理。然而，通过这一个个鲜活的人物形象，你会发现，女人竟有如此多不同的状态，相比之下，男人倒显得单一。

现代社会，性别区分似乎已经在逐渐弱化。历经千年的男权社会在经历了女权主义运动后，男女之间呈现出相对平等的局面，个别之处甚或矫枉过正。然而，男权、女权之分，终究是将两性对立了起来。实际上，你中有我，我中有你，恐怕才是"一阴一阳之谓道"。

书中的这些女人，是安德烈亚生命中遇到的，也是我们每个人生命中遇到的。正在阅读本书的你，如果是男人，不妨将迄今遇到的女人们一一细数，她们可能是母亲、祖母、同窗、邻家的姑娘，或是恋人、妻子，正是她们成就了如今的你；如果你是女人，也可以点带面，放眼观之，了解男人眼中的女人们都有着怎样的形象，以及他们面对这些女人时会怎么想，怎么做。

译者虽为女人，不过历世尚浅，面对如此大的话题，不敢过多妄言，只期望读完本书的你，能够对"女人"这两个字多一些认识，能够对女人多一些懂得，这也便达到卡米雷利所说的"为女性献礼"的目的了。

昭冰

编者按

　　有的女人坚韧，她们不惧威胁，也不屑侮辱，随时准备迎接命运的挑战；有的女人神秘，像海洋里时隐时现的船只；有的女人甜美，令人陶醉，像美丽的西西里岛；也有的女人令人不齿，她们丝毫不担心失去自我，甚至自由。女人就是这样，简简单单。

　　她们就是这本独一无二的书的主角，是安德烈亚·卡米雷利成为意大利最受欢迎的作家以前，所亲眼见到，亲身接触到的。书中的他，还是个青涩腼腆的小男孩，或许是牵上了姑娘的手，初尝到陪女同学回家的喜悦。十七岁的时候，他在电影院看电影,银幕上女星热切、温柔的脸庞,让他热泪盈眶,于是决定远走他乡。年轻的时候,他在深夜骑着一辆单车奔向阿格里真托(Agrigento)[1],那晚大雨倾盆,他要去看看那美丽的雕塑——那是个德国姑娘,他担心她被雨水玷污了美丽。1943年的夏天,他做了临时海军士兵,在一次轰炸中,救下了一个女孩,多亏那奇迹般的拥抱,才让他忘却了恐惧。

不管怎么说,卡米雷利把自己的爱情经历倾囊赠予我们,这是一本令人难以忘怀的故事汇。这些故事里,有女人们的内心独白,有她们细腻的情感变化,也有在几个世纪中,男人对她们的情愫,有时爱,有时恨。这是一场发现之旅,对诱惑的发现,对性的发现,也有对那令人惊异的难解谜团——女性世界的发现。

---

[1] 阿格里真托,意大利西西里大区阿格里真托省的省会,位于西西里岛南海岸的中央点,是旅游胜地,世界文化遗产"神殿之谷"就在阿格里真托。

轻经典

出品人：许　永
责任编辑：许宗华
特邀编辑：林园林
装帧设计：海　云
印制总监：蒋　波
发行总监：田峰峥
投稿信箱：cmsdbj@163.com
发　　行：北京创美汇品图书有限公司
发行热线：010-59799930

创美工厂
微信公众平台

创美工厂
官方微博